LUCAS FELIPE

Autor de 'A Dança da Vida' e 'Um Dia Especial'

MUITO ROMÂNTICO

a odisseia amorosa de um jornalista desiludido

Outros trabalhos do autor

Sete Anos
(Amazon Kindle Direct Publishing, 2017)

Um Dia Especial
(Amazon Kindle Direct Publishing, 2020)

A Dança da Vida – Edição Especial
(Clube de Autores, 2021)

Mistérios da Meia-Noite: Sociedade Sombria
(Amazon Kindle Direct Publishing, 2021)

MUITO ROMÂNTICO

a odisseia amorosa de um jornalista desiludido

LUCAS FELIPE

texto de apresentação por
EVERSON TEIXEIRA

Copyright © 2022 by Lucas Felipe

Texto fixado conforme as regras do novo Acordo
Ortográfico da Língua Portuguesa
(Decreto Legislativo nº 54, de 1995)

1ª edição, Amazon Kindle Direct Publishing, 2022

Impresso no Brasil
Printed in Brazil

Imagem de capa: Freepik / vikornsarathailand
Adaptação: Lucas Felipe

Dados de Catalogação na Publicação
Ficha Catalográfica feita pelo autor

F353d   Felipe, Lucas, 2001-
                  Muito Romântico: a odisseia amorosa de um
           jornalista desiludido
                  Lucas Felipe. – 1ª ed.
                  2022.

                  ISBN: 979-88-3260-310-0

           1. Romance. 2. Ficção brasileira. 3. Literatura Nacional. 4.
           Comédia romântica. I. Título.

                                                            CDD: 869.93

---

*para Mariana Lins,
pelas trilhas e pelos momentos.*

ouça a trilha de
MUITO ROMÂNTICO
no

SUMÁRIO

APRESENTAÇÃO

por EVERSON TEIXEIRA

Pós-graduado em Jornalismo Investigativo pela Escola Superior de Relações Públicas (ESURP). Graduado em Comunicação Social (Jornalismo) pelo Centro Universitário Maurício de Nassau. Vencedor de 13 prêmios jornalísticos, entre eles o Prêmio BNB (regional e nacional) e o Prêmio Cristina Tavares de Jornalismo.

Lembro-me da emoção que senti ao receber o convite para escrever a apresentação da edição especial de "A Dança da Vida", livro que devorei em menos de uma semana, tamanho o envolvimento que ele conseguiu causar neste que vos escreve.

  Tive acesso ali a uma literatura do cotidiano, de pessoas reais, de histórias reais, aquelas que a gente encontra na esquina de casa, na fila do pão, que eu consigo enxergar daqui do nono nadar de um edifício empresarial, no centro da cidade, enquanto transitam pelas vias que lotam a vista panorâmica.

No decorrer do livro, o terceiro de Lucas Felipe em um intervalo de pouco mais de um ano, nós somos convidados a embarcar no amadurecimento dos personagens e do autor. Cada um tem seu espaço definido, nas suas dores, amores e complexidades.

Em "Muito Romântico: a odisseia amorosa de um jornalista desiludido", Lucas Felipe repete a dose e mostra que a promessa do surgimento de um grande escritor torna-se realidade a cada página. O preâmbulo é um solavanco a quem chegou até aqui por um capricho do acaso. No cinema, chamamos isso de "quebra da quarta parede" e isso se repete várias vezes nessa trajetória. Um diálogo olho no olho do personagem principal (Raul) com pessoas que ele nunca viu na vida, nós, leitores. Assim como em "A Dança da Vida", o casamento entre literatura e música é um convite a um passeio multissensorial, que aqui nos carrega numa viagem que vai de Paulinho da Viola, passando por Taylor Swift, até o atual Maglore.

Nosso herói é retratado como um adulto de meia idade, com (atuais) problemas da meia idade, como o conturbado fim da relação e os impactos na autoestima; as dificuldades de se reencontrar neste mundo tão líquido e solúvel; o drama da relação com o pai e a necessidade de reafirmação de si na figura paterna, diante da presença de outro homem (Cássio) na vida do filho (Bebeto) e as inevitáveis comparações de sua história de vida (Raul) com a do garoto, tamanha a similaridade.

Acompanhar o personagem central nessa "odisseia" é, no mínimo, banhar-se numa cachoeira de identificações. Se você não é parecido com ele, com toda a certeza, conhece alguém que é.

O romance nos leva a um passeio pelo Recife e sua boemia moderna, nos abraça com figuras de linguagens que dão um nó em nossas cabeças, diante de tamanhas analogias, nos envolve, nos faz chorar, sorrir, nos angustiar com o passo a passo de uma morte em doses homeopáticas. Como não poderia ser diferente, a vida de Raul é aquilo que ele mais aprecia: uma novela cheia de reviravoltas, mas com um final... isso, eu deixo pra vocês descobrirem.

"Psicótico, neurótico, todo errado
Só porque eu quero alguém
Que fique vinte e quatro horas do meu lado..."

— *Todo Errado*

escrita por Jorge Mautner
interpretada por Caetano Veloso e Jorge Mautner

PREÂMBULO
(ou uma pequena introdução sobre as intenções deste livro feita pelo autor)

É preciso dizer que minha personalidade é complicada... Tenho sido inconstante nos últimos tempos.

Dificilmente eu estaria entre seus amigos, e jamais entre os melhores amigos. Sim, sou um chato de galocha que demonstra uma capacidade violenta de sentir pena de si mesmo... fazer o que... a gente não pode mudar quem é... ou será que pode?

Por isso, faço aqui uma recomendação: se você não gosta de rompantes internos desesperadores que caminham na linha tênue entre o drama e a depressão, feche imediatamente este livro, ou o exclua da sua biblioteca online, tanto faz. Só não o leia.

Eu tenho odiado suficientemente a mim mesmo para me responsabilizar por outra pessoa fazendo-o.

Decidi por escrever essas memórias para exorcizar alguns demônios interiores. Algumas coisas podem mudar ao longo do tempo... nem sei com quem estou falando, ou se isto vai funcionar... esta dinâmica ainda me é um tanto estranha.

Escrevo este preâmbulo entre um café, algumas garrafas de vinho, um cigarro apagado que tentei fumar — e mais uma vez atestei que não levo o menor jeito para isso — e um artigo incompleto que preciso entregar na redação na segunda-feira. Talvez eu deva dormir um pouco...

Vai ser um longo processo... e se você ainda está aqui, é porque de alguma maneira você se interessou pela minha história... pois muito bem, vamos a ela por partes... A intenção é terminar isto aqui melhor do que comecei.

Será esse o motivo disso tudo? Me sentir melhor?

A verdade é que eu venho enfrentando uma dolorosa e esquisita sucessão de perdas e experiências e talvez conversar sobre elas aqui me ajude a "evoluir", como dizem...

Será que estou sendo prolixo demais?

Para seguirmos, vou precisar de música, de sua paciência — e um pouco de sua boa vontade —, e vou precisar que você não me julgue por alguns pensamentos...

Eu pretendo ser o mais transparente possível aqui, mas não posso garantir a extrema fidedignidade dos relatos, afinal de contas uma mente perturbada não necessariamente se lembra de cada palavra que lhe foi dita, ou que disse.

Sendo assim, vamos a esse diário, ou fluxo de consciência, ou relato... pode chamar como quiser.

Alguns nomes foram alterados aqui porque, por mais que as histórias contidas neste livro não tenham sido contadas de maneira a expor ninguém, eu prefiro prezar pela discrição e evitar um processo judicial... Se bem que quem me conhece provavelmente saberá a quem estarei me referindo nas próximas páginas.

Eu definitivamente não tenho a menor intenção de manchar a imagem de ninguém. Talvez acabe manchando a minha... é um preço a se pagar.

Este sou eu... muito romântico (ou talvez nada disso).

parte um

1

TENHA DÓ

escrita por Marcelo Camelo
interpretada por Los Hermanos

O barulho incessante dos teclados dos computadores da redação é impedido de penetrar nos meus ouvidos pelos fones nos quais a bagunça harmônica barulhenta do Los Hermanos batuca mais uma de suas músicas que eu sei de cor.

Leva algum tempo até eu perceber que Marília está parada ao meu lado, aguardando minha atenção.

— Tá muito alta? — pergunto, removendo os fones e voltando-me junto à cadeira giratória para ela.

— Isso quem vai te dizer é o teu ouvido daqui uns anos... — ela rebate. — Tem planos pra hoje?

— Claro que eu tenho. Eu sempre tenho planos à noite de segunda a sábado.

— Eu vou fingir que não ouvi porque eu continuo achando a coisa mais ridícula do mundo um homem solteiro dessa idade deixar de sair pra ver novela.

— Mas eu sou ridículo.

— E muito dramático.

Isso é verdade. Eu definitivamente devo ser a pessoa mais dramática que qualquer um de meus amigos conhece. Não me levem a mal... não me orgulho disso, mas não se pode deixar de ser quem se é.

— E o Bebeto?

— Com a mãe. Essa semana é dela. Passou pra pegar ele ontem à noite porque vai viajar pra a casa da mãe quando pegar ele na escola amanhã.

— Então tá decidido. Você vai sair comigo hoje.

Não tenho como vencer essa. A novela vai ficar pro streaming mais tarde.

— Tenho escolha? — tento resistir.

— Não.

Marília volta à sua mesa e torno a revisar o artigo sobre as consequências das chuvas que devastaram parte da cidade nos dias anteriores.

...

Junto meus papéis e os enfio junto com o livro na mochila. Bebo um copo d'água e Marília me espera na saída da redação.

— Pra onde é que a gente vai, hein?

— Que chatice, Raul! Vambora!

Passa pela minha cabeça desistir de ir, mas logo penso na carona de Marília para evitar o ônibus lotado.

O clima da cidade é de um mormaço absurdo. Entro no carro de Marília e ela prontamente liga o ar condicionado. Envio uma rápida mensagem para Fred comunicando que vou chegar mais tarde.

— Não tá cedo ainda pra ir pra qualquer canto que seja? — pergunto, checando o relógio que marca oito horas.

— Tá. E é por isso que a gente vai comer antes.

O carro de Marília faz alguns ziguezagues pelas ruas do Recife até parar na frente de uma lanchonete. Peço um misto e um café e mastigo lentamente no balcão enquanto ela flerta com um carinha sentado na mesa externa.

— Quem mais vai pra esse rolê?

— Um pessoal aí que você conhece — ela se volta para mim antes de enfiar a cara no celular.

Já imagino as companhias que ela arranjou.

— Tem falado com a Raquel? — Marília pergunta, os olhos antes fixos no celular agora olhando para mim.

— Só o necessário...

— Mas alguma hora vocês vão precisar parar pra conversar, não?

— Conversar o quê, Marília? Três meses já... Conversar sobre a palhaçada enorme que foi o último ano de casamento da gente?

15

— Vocês não eram exatamente casados, né?

— A gente morava junto e tem um filho... isso não te diz nada?

— Pra ela deixou de dizer, né?

— Parece que sim. Melhor continuar como tá. Já acabou... passou. Morrer por isso é que eu não vou.

— Tu não pensava assim umas semanas atrás, né?

Mudo de assunto tentando passar ao largo da discussão sobre a decadência do meu relacionamento. É melhor mesmo fingir que nada aconteceu...

É... eu bem que tô precisando encher a cara.

...

Paramos na frente de uma espécie de boate perto de um viaduto onde nunca vim antes. Deixo a mochila no carro e só a sigo clube adentro.

A música cresce imediatamente e fico momentaneamente zonzo com o barulho. Um enorme bar em formato de L cerca a lateral. Um palco pouco iluminado se esconde no fundo, mas a ação acontece mesmo na pista de led gigantesca onde um amontoado de gente se aglomera. Uns dançando... outros parecem estar tendo algum tipo de AVC ou derrame não identificável.

Se não fosse pela confusão estética, definitivamente seria um belo clube.

Num dos banquinhos do bar reconheço Pat, amiga de Marília a quem já devo ter visto pelo menos uma dezena de vezes em eventos de amigos em comum. Ela está junto a alguns outros conhecidos aos quais não dou muita atenção.

Pego o cartãozinho de comanda e imediatamente peço um *moscow mule*. Vejo Marília dar um gole numa garrafa de cerveja e pergunto em cima da música alta:

— Sabe que não pode mais dirigir, né?

— Como se nessa cidade ninguém bebesse e dirigisse.

Faço uma careta para ela.

— Eu não sou doida, né. O Cláudio vai ser o motorista da vez... ele vai dormir lá em casa — ela aponta para ele que segura uma garrafinha d'água a uma distância que não dá pra nos ouvir.

Começo a rir.

— Que foi? — ela pergunta.

— Você não muda, né? — respondo.

— Eu tô solteira, mas nunca disse que gosto de dormir no frio...

Dou um gole na caneca de cobre e saboreio a espuma de gengibre que acompanha o drink.

— A Pat tá de olho em você — Marília diz no meu ouvido e quando me volto para o outro lado vejo o olhar fixo de Pat em minha direção.

Bebo mais um gole.

— Vai nessa! — incentiva Marília.

Possivelmente a armadilha estava montada há muito mais tempo, pois exatamente no momento em que Marília se deslocou na direção de Cláudio, Pat se acomodou no banquinho do meu lado.

— Tudo bom, Raul?

— Tudo! — respondo desajeitado, deixando um beijo em sua bochecha.

— Vou ler alguma coisa tua nos próximos dias? — ela se esforça para ser ouvida quando "Help Me Lose My Mind" do Disclosure começa a tocar.

— Eu escrevi um artigo sobre as chuvas dos últimos dias... sai amanhã no portal do jornal — preciso gritar para que a resposta saia. — E tu, o que é que tem feito?

— Consegui um espaço pra tocar num barzinho lá em Boa Viagem com os meninos no mês que vem... vai ser massa.

— Quero ir! Pertinho de casa!

— Vou adorar te ver lá.

Se é pra ser... que seja, né? Vou tomar a iniciativa.

— Quer dançar?

Ela assente com a cabeça e eu termino o *mule* de uma vez, acompanhando-a até a pista brega de LED. Me furto a olhar para Marília e ela me lança uma piscadinha.

Ao chegar na pista me arrependo imediatamente do convite feito ao atestar minha total incompetência para dançar de qualquer forma que seja. Mexo as pernas e sacudo os braços aleatoriamente. Meu rosto começa a arder de vergonha.

Os olhos de Pat encontram os meus e o interesse dela é nítido. Inflo meu ego e me aproximo mais até colarmos os corpos...

É... não vai rolar.

Vou me desanimando cada vez mais até chegar ao fim da música. Pergunto se ela não quer beber mais alguma coisa e voltamos ao bar.

Peço outro *mule* e mando registrarem a caipirinha dela na minha comanda. Tento sinalizar o meu descontentamento para Marília, mas fica impossível com os rostos dela e de Cláudio tentando se fundir em um só.

Pat e eu ficamos arrodeando em conversas paralelas gritadas e começo a perceber que ela está desencantando um pouco. Só mais um pouco e ela vai desencanar.

Meu celular vibra no bolso e peço licença para checá-lo. É uma mensagem de Marília:

Marília: não beijou ela ainda por quê?

Digito a resposta:

Eu: não vai rolar... hoje não.

Rapidamente Marília manda mais uma mensagem...

Marília: quer ir embora?

Eu: sim.

Não leva muito tempo até que Marília e Cláudio cheguem.

— Desculpa interromper vocês, gente... eu vim perguntar se você ainda vai querer carona, amigo... — diz Marília, cínica, e agradeço a Deus silenciosamente por tê-la como amiga. — É que eu vou acabar tendo que sair amanhã de manhã e pra não ir feito uma múmia eu já vou indo... o Cláudio vai me levar.

Finjo uma cara de descontentamento.

— Você me perdoa se eu interromper esse nosso papo por agora? Quero muito continuar em outra ocasião se você quiser.

Ela abre um sorriso e me despeço beijando-a novamente na bochecha. Cláudio, Marília e eu vamos rumo ao caixa na saída da boate.

Quando chega minha vez na fila, Marília me entrega sua comanda.

— Isso é pela interrupção do rolê.

Pago as duas comandas e vamos rumo ao carro. Pego minha mochila do chão do banco do carona e vou para o banco de trás. Cláudio dá a partida e vamos seguindo pela noite.

Cochilo de leve enquanto passamos pela Domingos Ferreira e acordo quando Cláudio estaciona o carro.

— Perdeu a oportunidade, hein? — diz Marília.

— Deixa o cara... uma hora a hora chega — retruca Cláudio.

— Valeu, Cláudio. E obrigado pela carona.

— Vê se dorme! — Marília fala quando bato a porta.

— Com certeza! Já você...

Cláudio ri e acelera o carro, e os dois vão sumindo ao deixar a rua. Abro a porta do prédio e cumprimento Sinval, o porteiro da noite.

Tomo o elevador até o sétimo andar com a cabeça em turbilhão... Desperdicei uma baita oportunidade.

Quando giro as chaves na fechadura do 702, me deparo com Fred de cueca todo esparramado no sofá assistindo um episódio de *How I Met Your Mother* e comendo um pacote de biscoito.

— Quer dizer que tu foi espairecer? — ele pergunta.

— Sem comentários por hoje.

— Já comeu?

— Comi.

— Então toma um banho, escova o dente e vai dormir.

— Vou.

Trocamos nosso aperto de mão especial, que poderia ter sido criado por duas crianças de cinco anos e sigo para o quarto.

Fred sempre foi um amigo muito especial. Nos conhecemos ainda no ensino médio quando ele me passava as respostas das atividades de matemática. Chegamos a trocar sorrateiramente nossas provas uma vez pra que ele respondesse uma questão pra mim.

Quando devolveu, apaguei o escrito a lápis e passei a limpo com minha caligrafia.

Quando me separei de Raquel nem sequer pedi, ele mesmo me ofereceu o segundo quarto do seu apartamento e aceitei me tornar seu colega de apê.

Depois do banho quente, me atiro nu de bruços na cama e apago, exausto.

2

DANÇA DA SOLIDÃO

escrita por Paulinho da Viola
interpretada por Marisa Monte e Gilberto Gil

Acordo com o sol do meio-dia me atingindo diretamente pela janela.

O cheiro do almoço sendo feito na cozinha faz meu estômago roncar. Levanto-me da cama em direção ao banheiro, escovo os dentes e jogo uma água no rosto antes de vestir uma bermuda e uma regata.

Fred canta "Red Dress" do MAGIC! forçando uma vozinha fina dançando pela cozinha com um pano de prato no ombro.

— Acordou! — ele diz.

— O que é que tem pro almoço?

— Comida.

— Não me diga!

Puxo o celular e olho o Instagram. A primeira foto que aparece na minha tela é uma postada há alguns minutos. Nela, Raquel aparece abraçada a Bebeto e Fernando, o novo namorado... ou não tão novo assim, uma vez que eles já namoravam enquanto estávamos juntos.

Você também ficaria irritado ao ver seu filho numa foto com sua ex e o cara que te corneou... pelo menos nas mesmas circunstâncias que as minhas eu tenho certeza.

Longe de mim fazer parte da categoria de pais que alienam o filho da própria mãe... mas esse tipo de coisa definitivamente me passa pela cabeça.

Você que está lendo isso e possivelmente me julgando ou me achando um baita de um imbecil pode se perguntar: "Porque é que ele simplesmente não bloqueia ela?"

Aí é que tá... eu não quero bloqueá-la.

— Vai comer agora? — Fred me tira de meu fluxo de consciência.

— Vou.

Ponho a mesa enquanto Fred tira do forno uma lasanha de carne moída tão apetitosa que minha barriga ronca ainda mais alto.

— Eu tenho direito ao relatório da noite passada ou vou ter que pedir a fofoca à Marília?

— Basicamente a gente foi pra um clubinho lá no centro e a Marília tinha armado pra ver se rolava alguma coisa entre mim e a Pat — digo, me levantando para apanhar uma cerveja na geladeira.

— E rolou com a Pat?

Abro a lata e despejo a cerveja num copo.

— Acho que não, né? Senão, tu nem tinha voltado pra casa ontem.

— Eu acho que vai demorar... pra rolar, sabe?

— Tu não chegou naquela fase que a pessoa precisa de terapia, não?

— Talvez — e enfio uma garfada da lasanha na boca.

— Já viu a foto? — ele pergunta, e eu sacudo a cabeça afirmativamente.

— Na boa... sem querer me meter na vida de vocês, mas já me metendo... você não acha que esse arranjo de nunca falar sobre isso ficou meio esquisito não?

— Não sei.

— Beleza... você foi traído... tá no teu direito de ficar puto ou chateado pelo tempo que quiser. Mas tem uma criança aí no meio, né? Acho que pelo menos uma comunicação decente entre vocês tem que existir. Pro Bebeto não sentir que tá sendo só jogado de um lado pro outro... — ele faz uma pausa e bebe do suco à frente dele. — Ele pode não entender isso agora, mas vai que lá na frente isso dê em alguma coisa? Eu passei por pais separados... você também passou. E a gente não deu sorte de serem situações pacíficas.

25

Talvez ele tenha razão.

— Você ainda gosta dela... e tá tudo bem. Não se deixa de amar alguém do nada. Mesmo quando se passa a odiar a pessoa.

A voz de Marisa Monte se destaca, ambiente, tocando na caixinha de som em cima do balcão da cozinha.

Solidão é lava...
Que cobre tudo...
Amargura em minha boca...
Sorri seus dentes de chumbo...

— Eu marquei de novo com a Pat... — Digo.

— E você acha que vai dar bom?

— Não sei... espero que sim.

Desilusão, desilusão
Danço eu, dança você
Na dança da solidão...

3

CODINOME BEIJA-FLOR

escrita por Cazuza, Ezequiel Neves e Reinado Arias
interpretada por Cazuza

É sábado de novo. Já faz pouco mais de uma semana do incidente da boate e acho que consegui contornar o vexame flertando algumas vezes com Pat pelo *direct* do Instagram.

Em alguns minutos, Raquel deve bater à porta trazendo Bebeto e mais uma vez estou naquela situação em que não sei o que falar... possivelmente vamos trocar duas frases e ela vai embora... espero que o mais rápido possível.

Me passa pela cabeça o dia em que a pedi em casamento... nunca chegamos a nos casar, e Bebeto já tinha nascido. Ele dormia no berço enquanto ela descansava a cabeça sobre meu colo no sofá de nosso apartamento... que hoje é só dela.

— Quem diria que eu ia engravidar de alguém que passou uma hora falando sobre Anjo Mau no primeiro encontro... — ela disse, e eu não contive o riso.

— É uma obra de arte. Você viu.

— Tu é muito esquisito...

— Sim... e foi disso que você gostou.

Do bolso da bermuda, tirei o pequeno par de alianças baratas folheadas a ouro compradas numa joalheria de rua do centro.

— Eu nunca pedi... acho que nunca precisou. A gente saiu atropelando todas as etapas... mas acho bacana o ritual de deixar claro que eu quero estar casado contigo...

Ela não fala. Apenas me encara fixamente com os lábios semiabertos de surpresa.

— Se não quiser... tudo bem.

— Você é diferente, Raul... Você fala de um jeito peculiar, você anda de um jeito esquisito, você lê em pé... você ama diferente.

— E isso é ruim?

— Isso é o que me apaixona em você.

Ergui a aliança, enquanto ela ergueu o dedo. Fizemos tudo inversamente. Ela então montou no meu colo e trocamos um longo beijo. Minhas mãos repousaram sobre suas costas, trazendo-a para mais perto. Ela beijou meu pescoço, arrepiando-me os pelos. Desceu a mão pela minha bermuda e a desabotoou. Me encarou fixamente nos olhos...

A campainha toca. Fred levanta do sofá para atender. Engulo em seco. É ela.

— Pode subir — ele diz, ao interfone, antes de apertar o botão para liberar o portão.

Vai levar apenas alguns minutos até que ela suba. Não é a primeira vez que somos forçados a nos encontrar desde a separação... mas não significa que seja mais fácil.

— E aí, cara! — diz Fred, entusiasmado ao ver Bebeto, que logo corre para me abraçar.

Envolvo meu filho nos braços com um pouco mais de força do que deveria. Raquel fica parada na soleira da porta como se aguardasse um convite para entrar.

— Entra, Raquel! — diz Fred, e por um segundo penso em bater nele por isso. — Tudo certinho contigo? — ele pergunta, rendendo assunto.

— Tudo tranquilo! — ela responde. A mesma voz doce e musicada com a qual convivi nos últimos anos de minha vida. — Tudo bem, Raul?

— Tudo sim — sacudo a cabeça ao responder, mas evito o contato visual, dando atenção a Bebeto.

— Eu tava indo comprar um sorvete... quer ir, Bebeto? — Fred pergunta e eu entendo o plano dele.

— Posso, papai? — Bebeto pede e não consigo negar.

Pego a mochila dele e o vejo sair pela porta com Fred enquanto Raquel fica parada me encarando, aguardando que meus olhos encontrem os dela.

Ela perdeu alguma coisa aqui? Por que diabos ela ainda não foi embora?

— Você quer conversar? — ela pergunta.

— Não. Não com você. Muito menos hoje.

— Um elemento-chave pra ex-casais com filhos é a comunicação. Não sei se você sabe, Raul.

— Pode até ser. Mas no momento não vai rolar.

— Isso não é seguir em frente...

— E você sabe muito bem o que é seguir em frente pra falar disso, né?

— Raul, eu tô tentando fazer a coisa certa.

Forço uma risada. Eu preciso que ela vá embora urgentemente.

— A coisa certa a fazer nesse momento é você sair, Raquel. Ainda não deu pra notar que eu não tô afim de começar uma conversa?

— Esse não é o jeito mais saudável de encarar a situação.

Me atiro no sofá e fecho os olhos. A voz dela começa a me irritar.

— Olha só, eu preparei uma semana incrível com o meu filho e eu realmente não quero que você estrague meu humor pra isso... Só sai. Por favor. Talvez um dia a gente tenha essa conversa. Não vai ser hoje.

— Terapia te faria bem.

Ela sempre foi insuportável assim?

— Aproveite o fim de semana.

— Se precisar de qualquer coisa, tô no celular.

— Não vou precisar.

Raquel fecha a porta ao sair e solto um grunhido. Hoje eu mato o Fred. Segue martelando em minha cabeça o quanto tudo entre nós acabou dando errado mesmo com tudo que vivemos juntos... será que era mesmo amor?

...

Quando Fred e Bebeto retornam estou no sofá montando um quebra-cabeças.

— Papai! O tio Fred comprou um potão de sorvete pra a gente!

— A gente vai tomar o potão todo! Mas primeiro o senhor vai tomar uma água. Vai lá.

Dou um beijo na testa dele e ele dispara até a cozinha. Encaro Fred e ele ri como se lesse minha mente.

— Deu errado, né?

— E ERA PRA ALGUMA COISA DAR CERTO? — me exalto. — Fred, eu não quero assunto com a Raquel. Não vai ter nenhum tipo de conversa conciliadora nem tão cedo.

— Isso tá te fazendo bem?

— Não. Mas tá bom do jeito que tá.

— Tu que sabe.

— Passa o sorvete.

Meu celular vibra.

Pat: será que só vou te ver de novo no dia do show?

Pat... Talvez eu faça aquele negócio de andar com a fila.

Bebeto senta ao meu lado e Fred traz três tigelas e colheres onde servimos o sorvete e montamos o resto do quebra-cabeça juntos.

— Esqueci de avisar! Vou viajar com meus pais na sexta pra Arcoverde. Visitar meus avós. Vovó tava reclamando que faz um *time* que a gente não vai lá.

Será que Pat tá livre na sexta?

4

TEMPORAL

escrita por Iuri Rio Branco e Marina Sena
interpretada por Marina Sena

Toco a campainha de meu antigo prédio até que Raquel libera minha subida.

Entro no elevador com Bebeto e subo em silêncio. Quando chegamos ao décimo-quinto andar ela nos espera com a porta aberta.

— Oi, amor! — ela diz, ao se atracar com Bebeto e dar-lhe um abraço de urso. — Mamãe tava morrendo de saudade!

Odeio credibilizar qualquer coisa que refere a Raquel, mas ela ama essa criança tanto quanto eu.

Vejo Cássio tentar se mover lentamente pela sala do apartamento para não ser notado. Ao perceber que o vi, ele surge na soleira para ser cordial.

— E aí, Raul! Tudo certinho?

O fito de cima a baixo, irritado, mas finjo ser um homem evoluído e devolvo um sorriso.

— Tudo tranquilo! E por aqui?

— Tudo ótimo... ficou melhor agora — responde Raquel, beijando a cabeça de Bebeto. — Tu trabalha hoje?

— Trabalho... tô com o carro de Fred e vou daqui pra a redação. Ele viajou com a família.

Um silêncio constrangedor começa a se formar, então decido quebrá-lo.

— Bom... eu vou indo!

Me ajoelho e fico cara a cara com Bebeto, encostando minha testa na sua.

— Te amo, cara.

— Também — ele responde com sua voz doce, e lhe beijo na testa e na bochecha.

— Vou sentir saudade.

Ele põe os braços em volta de meu pescoço e me abraça. Fecho os olhos e fico ali por algum tempo.

Quando ergo o corpo, murmuro um tchau quase inaudível a Cássio e Raquel e volto ao elevador.

...

Marília me aborda enquanto puxo da copiadora um artigo que imprimi para revisar.

— Quer dizer que a Pat vai jantar contigo hoje?

— E como é que tu sabe?

— É claro que ela ia me contar. Tá toda empolgadinha.

— Bom saber...

— E tu não tá?

— É claro que eu tô... só tô um pouquinho nervoso.

— Vai dar certo!

Levanto da cadeira, estalo o pescoço e sigo para passar um café na máquina. Marília me segue como um besouro disparando conselhos e frases soltas na minha direção, e eu só consigo processar metade do que ela diz.

— A Pat é meio louquinha, mas ela gosta de tu. Pelo menos tá interessada.

— Já ouvi, Marília! — digo, enquanto aperto o botão da máquina, que leva algum tempo até começar a despejar o *espresso* na xícara.

Começo a me arrepender dessa invenção...

...

Entro no apartamento vasculhando o lugar com os olhos tentando encontrar algum sinal da zona que Fred costuma deixar a casa. Ele pode ser organizadíssimo quando quer, mas quando não quer...

Faço uma rápida faxina e ajeito os lençóis da minha cama. São sete e dezesseis... Pat deve chegar por volta das oito. Preciso improvisar um jantar.

Às oito e doze o interfone toca. Libero a entrada dela. Passo a mão pelos cabelos e passo um pouco mais de perfume. Finalizo a massa no molho rapidamente enquanto Pat sobe.

Ela entra pela porta que deixei aberta e trocamos um abraço e um beijo no rosto.

— Fiz um jantarzinho pra a gente.

Abro uma garrafa de vinho e o jantar corre muito bem. Conversamos sobre arte, literatura e aproveito para perguntar sobre o show que ela vai fazer com o grupo dela, Ventura.

— O Betinho tem algumas composições originais dele que a gente vai apresentar... e eu vou cantar o de sempre, né? Marisa, Gal...

— Sou fã da Marisa.

— Ela é gigante, né...

— Mais vinho? — pergunto.

— Vou aceitar.

Sirvo a taça de Pat e levamos a conversa para o sofá.

— Você quer ouvir alguma coisa? — pergunto.

— Posso escolher?

— À vontade!

Indico a estante de mídias físicas onde Fred e eu combinamos nossas coleções de DVDs, CDs e vinis a Pat e ela passa os dedos pelos plásticos dos discos identificando as lombadas que não estão descascadas procurando os títulos.

— Muita trilha de novela, né?

— Trinta e quatro em vinil... fora os CDs.

— Bem que a Marília comentou que você era noveleiro.

— Apaixonado.

— Qual a sua favorita?

— Laços de Família — digo, tentando segurar o entusiasmo para não render o assunto.

— Vera Fischer era a Helena, né?

— Isso!

— A trilha era bacana... lembro que meus pais tinham em casa.

— Você tem alguma favorita? — pergunto.

— Não sei se favorita... mas adorei Celebridade... Peguei Por Amor numa dessas reprises e gostei bastante também.

— Ótimos títulos.

— Qual era aquela que tinha a Alessandra Negrini fazendo gêmeas?

— Paraíso Tropical!

— Essa era incrível. E ainda tinha a Camila Pitanga fazendo a Bebel.

Não sei se Pat combinou alguma coisa com Marília ou pediu alguma dica, mas a conversa tá fluindo bem...

— Esse aqui. Clássico — ela diz, quando puxa da estante meu disco Senhas, da Adriana Calcanhotto.

Raquel adorava esse disco...

— Como opera isso aqui? — ela me pergunta, apontando para o toca-discos.

Levanto a tampa e ela posiciona o disco. Coloco a agulha para correr sobre ele... um chiado...

Eu não gosto do bom gosto...
Eu não gosto de bom senso...
Eu não gosto dos bons modos...
Não gosto...

— Esse disco é incrível... — Pat diz.

Ela desaba no sofá ao meu lado e se volta para mim.

— Posso fazer uma pergunta? — indaga ela.

— Depende...

— Como é organizar essa dinâmica toda do pós-casamento?

— Esquisito...

— A Marília chegou a comentar um pouco... Mas você não quer falar sobre isso, né?

— Eu preferiria.

Pat encosta em meu braço, vai chegando mais perto... engulo em seco... estou nervoso.

— Você é diferente, Raul...

Sorrio um sorriso desconfortável... eu ouvi muito essa frase da boca de Raquel.

Pat puxa meu rosto e me inclino para um beijo longo, sem pausa... minha cabeça desliga por um momento...

Minha mão desliza pelos cabelos dela e arfamos. Ela monta em meu colo e a deixo tirar minha camisa antes de tirar sua blusa e sentir seus seios no tato. Ela me beija o pescoço e um arrepio se irradia pelo meu corpo.

Nos encaramos por alguns segundos...

Puxo num movimento rápido minha bermuda e a cueca para baixo e me deito no sofá, deixando Pat sobre mim. Pressiono minha ereção contra a coxa dela enquanto nos beijamos...

Nada ficou no lugar...
Eu quero quebrar essas xícaras...

Não! Merda...

Meu foco desvia imediatamente de Pat para Raquel, a ler no sofá... uma xícara de café fumegando na mesinha de centro, a cantarolar a música que tocava ambiente...

— Tá tudo bem? — pergunta Pat, preocupada.

Ela se ergue e senta na ponta do sofá, enquanto me ajeito... ponho a mão sobre a cabeça.

— Eu queria muito que estivesse... — declamo todos os palavrões que conheço na cabeça. — Me desculpa por isso.

— Relaxa... — ela diz, com uma ternura que me constrange.

— Eu não vou mandar aquela de que nunca aconteceu antes... mas que merda de situação.

— Fica tranquilo, Raul... Se serve de consolo... Você fica melhor ainda sem roupa.

Dou uma pequena gargalhada.

— Você também.

Ficamos nos olhando por algum tempo em silêncio... Adriana canta ao fundo.

— Você é um furacão — digo.

— Que adjetivo curioso...

— Saído diretamente dos anos 2000...

— Sim!

Rimos novamente.

— Foi a Raquel?

Balanço a cabeça.

— Você tem raiva dela? Ou do novo namorado dela?

— Não sei dar nome a isso... Mas fato é que a gente passa os primeiros anos da vida amorosa tendo crises e crises de ciúmes acreditando que alguém pode chegar e tomar seu namorado ou namorada... daí a gente cresce e percebe que ninguém toma ninguém de você se a pessoa não quiser ir.

— Uau.

— Filosofei demais, né?

— Achei bonito.

Preciso me vestir.

— Você me fascina, Raul.

Fico encabulado. Enfio rapidamente os pés na cueca e na bermuda e me visto, assim como ela.

— Desculpa de novo... eu não planejava que fosse ser assim.

— Pode ficar tranquilo.

— A gente vai tentar de novo?

— Não sei... quem sabe?

Ela junta as coisas e caminha para a saída, me dando um beijo antes de sair pela porta.

Ficamos só eu, minha vergonha, e a voz de Adriana ecoando até eu ter que trocar o lado do disco.

40

5

MOTOR

escrita por Teago Oliveira
interpretada por Gal Costa

Chego à redação na segunda-feira cansado da tormenta do fim de semana anterior... pensei muito na imbecilidade de perder a oportunidade com Pat... rememorei toda a situação na cabeça durante o sábado e o domingo, e a imagem dela não saiu de minha cabeça.

Fred chegou no domingo pela tarde e me encheu de perguntas, às quais eu respondi com um relato seco e irritadiço para evitar perguntas.

Meu melhor amigo sabe respeitar meus limites... sou muito feliz de ter Fred por perto. Marília não reagiu da mesma forma quando veio até minha mesa enquanto eu conversava com Stephen, o americano recém-contratado do segmento de entretenimento do jornal. Me divirto vendo-o se enrolar com seu português.

— Licencinha, Stephen? — ela diz, intrometida.

— Eu já estar de saída — ele responde, o sotaque carregadíssimo.

— O que rolou?

O que será que Pat a contou?

— O que é que tu acha que rolou?

— Sei lá... eu mandei mensagem toda empolgada pra a Pat pra saber como rolou entre vocês e ela me disse que não deu em nada.

— E você esperou até hoje pra fazer essa cena ao invés de só me mandar uma mensagem?

— Aconteceu alguma coisa?

— Aconteceu que na hora h as coisas falharam...

— Que merda, hein.

— Que merda.

Na hora do almoço Marília discorre longamente sobre como é perfeitamente normal falhar sexualmente na primeira tentativa depois de um fim de relacionamento traumático.

— Às vezes eu só queria que você calasse a boca.

— Infelizmente o querer da gente é falho às vezes, não?

Enrijeço a face e engulo com má vontade a última garfada da salada.

— Eu posso te ajudar, Raul.

— Pelo amor de Deus, Marília! Só esquece.

Às vezes eu realmente só queria que Marília
sumisse.

— Tinder — ela diz.

— Oi?

— Baixa. Agora.

Mais uma vez vou fazer algo que não quero para
tentar fazer Marília parar de falar.

Baixo o aplicativo e ela toma o celular de minha
mão para criar o perfil. Em poucos minutos estou
cadastrado e deslizando pros lados. Marília faz diversos
comentários que finjo ouvir. Só olho as fotos e vou
passando... quem sabe mais tarde não sento e leio as
biografias com calma?

Mais uma vez eu tô colocando o pé numa
roubada por culpa da Marília...

...

Mais tarde, no intervalo da novela conto a Fred o plano
mirabolante de Marília para me forçar a voltar à vida
amorosa. Ele apenas murmura.

— Alguma coisa errada?

— Você.

Sou surpreendido pela força da resposta de Fred.

— Como assim?

— Você... se forçando a fazer as coisas pra sair
de uma fossa da qual você claramente não tá preparado
pra sair.

A postura geralmente debochada de Fred dá
lugar uma fala rígida.

— Essa coisa de achar que dá certo fingir pra si mesmo que tá tudo certo até virar verdade é furada, Raul. Não acontece assim. A gente precisa viver o luto, a depressão ou sei lá que porra. Negligenciar as coisas vai matando a gente por dentro. Você tem um defeito enorme... você pensa muita coisa sem dizer. Você engole as palavras e envenena tua cabeça.

— Acho que eu tenho uma vida interior interessante...

— Devia prestar mais atenção nela.

Pigarreio para tentar fazer com que o assunto se interrompa.

— Só pensa um pouquinho nisso. Vou deitar. Qualquer coisa grita — ele diz, se retirando para o quarto. — Te amo.

— Também.

Deito na cama e não consigo ler mais que duas páginas do livro antes de deixá-lo de lado. Estou exausto. Minha cabeça não funciona mais direito.

Checo a hora e decido ligar rapidamente para falar com Bebeto. Raquel atende.

— Ele já tá dormindo, Raul. Quer que eu diga alguma coisa amanhã de manhã?

— Não precisa.

Desligo o telefone. Sigo sem conseguir dormir... abro o Tinder. Matar não vai.

6

CABIDE

escrita por Ana Carolina
interpretada por Mart'nália

Algumas semanas se passaram e entramos no novo mês. No Instagram de Pat, uma série de *stories* onde ela fala sobre o show que vai acontecer hoje num barzinho perto de casa.

Curto o *story* e ela me manda um direct dizendo que me espera lá... Curto a mensagem.

Minha aventura pelo Tinder não deu muito certo. Muitos matches sem resposta, e muita gente que simplesmente sumia depois de duas ou três mensagens.

Talvez eu não seja tão interessante assim.

Algo me alegra no fato de Pat reforçar o convite para o show depois do vexame. Convido Fred e nos arrumamos para ir.

...

São pouco mais de dez horas quando Pat, Bruno e Nicolau sobem ao palco.

Estou à mesa com Fred, Marília e Cláudio. Pat me lança um olhar ao apresentar a banda e fico feliz com o afago. As luzes baixam, e Bruno começa a melodia no violão, acompanhado por Nicolau num teclado afinado.

Faça o que quiser
Mas não me negue...
Invente uma desculpa que se aceite...
Pense o que quiser, mas não se engane...
Eu não nasci pra ver o mundo desabar...

Pat canta Mallu Magalhães, canta Marisa Monte, canta Ana Carolina, canta Ângela Ro Ro... e apresenta duas músicas originais bastante boas.

Aplaudimos com sinceridade o talento do grupo ao fim da apresentação. Eles são talentosíssimos.

Vou até o balcão pedir outra cerveja ao fim do show.

— Gostou? — Pat me aborda de surpresa no balcão.

— Você foi incrível ali em cima... Apaixonante.

— Fico feliz.

— Quer dar uma passada lá em casa mais tarde?

Direta. Eu dificilmente imaginaria que as coisas aconteceriam assim. Embarco.

— Quero.

Cláudio, Fred e Marília reagem empolgados quando conto sobre o convite e me estimulam a ir.

— Mas só vai se realmente tiver afim pra não passar vergonha — diz Fred e arregalo os olhos para ele.

...

Entramos pela porta do apartamento de Pat por volta de uma hora e meia depois. Ela deixa alguns equipamentos no canto da sala.

— Quer um sanduíche? — ela pergunta.

— Obrigado! Mas tô sem fome.

— Eu também.

Ela tira o cardigã de tricô, revelando a regata que realça seus seios.

— A gente vai tentar de novo? — pergunto.

— Você quer tentar de novo?

Desligo minha cabeça, e só avanço para a beijar. Ficamos ali, pressionados contra a parede, enquanto nos beijamos por um bom tempo. Ela enfia a mão em minha calça e arfo em seu contato com meu sexo.

Me ajoelho e a dispo de sua saia, apoiando sua perna sobre meu ombro e iniciando uma trilha de beijos que se inicia em perna e termina na parte interna de sua coxa. Ela geme.

— Posso? — pergunto.

— Deve.

Livro Pat de sua calcinha e ela segura minha cabeça contra ela enquanto beijo seu sexo sem o menor pudor.

Desligo a cabeça. Já está acontecendo.

...

Estamos deitados no sofá de Pat, nus. Ela sobre mim. O domingo já começa a amanhecer. Me sinto revigorado. Repetimos algumas vezes.

— Como tu tá se sentindo? — ela pergunta.

— Bem — e talvez seja a primeira vez em algum tempo que digo isso com sinceridade.

— Talvez a gente deva repetir isso alguma vez no futuro... — ela diz.

Sorrio.

— A gente nunca ia dar certo junto.

— Por isso mesmo foi tão bom.

Espero mais um pouco e tomo uma ducha. Pat me observa tomar banho e se despede de mim com um beijo na porta. Caminho até em casa sem o peso enorme que vinha sentindo nos ombros.

parte dois

7

CAN'T GET YOU OUT OF MY HEAD

escrita por Cathy Dennis e Rob Davis
interpretada por Kylie Minogue

Eu não tinha a menor ideia de que estava prestes a me apaixonar quando Marília me convenceu a voltar àquela boate naquela sexta-feira.

A música ensurdecedora me incomoda a princípio, mas logo me acostumo a ela. Tomo algumas cervejas antes de realmente entrar no clima. Tive uma rápida conversa com Pat cerca de dois meses atrás aqui que se transformou muito rápido num casinho de sexo sem compromisso ao qual tenho recorrido nos últimos tempos.

Voltar a transar definitivamente me transformou numa pessoa mais socialmente agradável... me ajudou a me comunicar com Raquel sem querer furar meus olhos toda vez que a vejo ao lado de Cássio.

Cláudio e Marília vêm se enrolando há algum tempo, mas é nítido que os dois jamais terão algo sério. Quando me furto a olhar para os dois, estão ambos rindo de algo que ela disse. Cláudio passa o braço ao redor do ombro dela, que fixa seus olhos nos dele por alguns segundos.

O que é que se faz quando se está num lugar desses e as únicas duas pessoas que conhece estão extremamente concentradas uma na outra?

Ainda não evoluí muito em matéria de flerte, isso é fato. Todos os poucos relacionamentos nos quais me envolvi na vida começaram com outras pessoas me ajudando a preparar o terreno para a possível paquera. Com Raquel não fora diferente. A conheci por intermédio de Marcelo, irmão de Fred, que repetiu por diversas vezes que ela combinaria com meu perfil "excêntrico", como ele me descrevia.

Sempre tentei entender que excentricidade era essa porque me fazia soar muito mais interessante do que eu realmente era.

Acabou que numa festa de um conhecido de Marília – e por festa de um conhecido de Marília leia-se uma orgia intelectual que consiste em escritores, atores, cineastas, jornalistas e aspirantes conversando pelos cantos de um apartamento fumando e bebendo ouvindo

MPB e inevitavelmente se agarrando em algum momento – conheci Raquel.

Ela divagava sobre a importância que a literatura de Clarice Lispector tinha para suas pesquisas na universidade. Tinha acabado de se formar em Letras e conseguira uma gorda bolsa para viajar lendo e entrevistando pessoas sobre os trabalhos da autora.

Eventualmente Marcelo nos apresentou e quando nos deixou sozinhos a primeira frase que ela me dirigiu foi:

— Ele falou que você é muito noveleiro.

— Essa costuma ser a primeira característica que põem em questão quando se referem a mim.

— Me fala sobre alguma novela de 97.

— Você diz 1997? O ano?

Ela assentiu com a cabeça. Em algum lugar da casa podia se ouvir a voz de Lulu Santos a cantar "Hyperconectividade".

— Anjo Mau... o remake da Maria Adelaide Amaral.

— Eu conheço o nome. Ela escreveu pra teatro, não?

— Muita coisa. Tem dois romances excelentes também. E escreveu a maior parte das minisséries históricas dos anos 2000.

Discorri por longos minutos sobre o trabalho de adaptação de Adelaide sobre a obra do Cassiano e pela primeira vez não senti estar sendo irritantemente repetitivo. Ali me apaixonei pela primeira vez. A voz de Raquel, seu rosto, seu cheiro me atraíram fortemente.

Terminamos aquela noite transando sobre a mesinha do apartamento minúsculo que eu alugava nos meus primeiros anos de vida profissional com uma pequena ajuda de custo do meu pai.

Depois do sexo, Raquel acendeu um cigarro e se deslocou até a varanda sem medo de exibir sua nudez. Eu gostava mais de Raquel quando ela fumava.

Não foram muitas as semanas que levaram até que o resultado positivo de um teste de gravidez virasse nossas vidas do avesso. Tentamos levar a vida normalmente até as primeiras problemáticas se abaterem, como a falta de espaço, as limitações profissionais que começaram a aparecer e afins...

Precisei pedir a ajuda de meu pai mais uma vez e alugamos um apartamento maior. Raquel passou a escrever, enquanto eu consegui uma posição decente no jornal por intermédio de um amigo de longa data de meu avô... privilégio, eu sei, mas eu teria um filho para criar em breve.

Minha cabeça se situa novamente na música que começa a tocar quando Marília se aproxima.

— Tá tudo bem? — ela grita para se fazer ouvir.

— Tá sim! — respondo.

O clássico de Kylie Minogue começa a tocar... "Can't Get You Out Of My Head"... há quanto tempo eu não ouvia essa música!

Foi quando meus olhos se apaixonaram antes mesmo que eu pudesse mentalizar qualquer coisa. Sabe quando você simplesmente trava ao ver alguma coisa impressionante? Esse foi um daqueles momentos.

Ela usava um vestido vermelho que caía perfeitamente bem com seus longos e negros cabelos cacheados. Uma taça de algo que parecia ser gin tônica era firmemente segurada pela mão esquerda enquanto ela cantarolava a música de olhos fechados e dançava sobre a pista de LED breguíssima.

Tudo parou ali. Quando ela abriu os olhos, por um instante seus olhos encontraram os meus, e desviei o olhar, embaraçado.

— Quem é aquela ali de vermelho? Tu conhece? — perguntei a Marília mais perto de seu ouvido.

— Parece que o nome é Rose. É conhecida do Cláudio. É fotógrafa.

Rose. Duas sílabas tão simples para comportarem tamanho magnetismo...

Infelizmente Rose não se aproximou para conversar com Cláudio... e eu definitivamente não me sentia seguro para iniciar uma conversa.

Pensei muito em Rose ao longo daqueles dias, mas não disse nada a Marília na tentativa de evitar suas intromissões.

Não conseguia tirá-la da cabeça.

Rose...

Ro...se...

Ro-se.

8

EYE IN THE SKY

escrita por Alan Parsons e Eric Woolfson
interpretada por AWOLNATION e Beck

No sábado seguinte, Fred e eu passamos na casa de Raquel para buscar Bebeto. Meu avô havia pedido que eu e meu pai o visitássemos, e pediu que Fred fosse junto. Ele adorava a verborragia de Fred. Perdi parte da noite em claro pensando em Rose.

O carro de meu pai se encontrava estacionado na frente do casarão de meu avô, que ele ocupava sozinho junto à sua empregada e cuidadora, Zuza.

A propriedade na verdade fora um presente da família de minha avó, há muito falecida. Dificilmente meu avô teria um casarão daqueles por conta própria. Definitivamente não. Era um comunista de carteirinha.

Cresci ouvindo discussões homéricas sobre a gravidade do individualismo, rechaçado por meu avô, sendo rebatidas com a "imbecilidade" da concepção do comunismo, nas palavras de meu pai.

Se você já obtém alguma impressão de minha personalidade baseada nos capítulos anteriores, definitivamente imagina que minha relação com meu pai não seja das melhores...

Não que ele seja má pessoa ou coisa do tipo... mas ele tende a repelir as pessoas com seu comportamento desagradável. Por isso minha mãe foi embora, e não posso culpá-la.

Zuza nos recebe no portão e logo abraça Bebeto.

— Ele já chegou? — pergunto.

— Já. Tá no quintal com seu pai. Muito bom ver você — ela acarinha meu rosto. — Precisa fazer essa barba. E se cuidar.

— Muito bom te ver, Zuza — digo, e lhe beijo a bochecha.

— Tudo bem, Fred?

— Melhor agora, Zuza. Tá gata, hein! — diz Fred, tomando sua mão e fazendo-lhe dar uma voltinha que a deixa sem graça.

Ela ri, enquanto Fred a puxa para um abraço.

Entramos pela casa e olho pela enésima vez para as fotos de família gigantescas penduradas nas paredes, cujas posições não mudaram nunca nesses últimos 28 anos.

Bebeto corre pela sala ampla em direção à porta enorme aberta para o quintal.

Largo sua mochila no sofá e respiro fundo antes de segui-lo.

— Relaxa. Só respira fundo e vai — murmura Fred para que só eu ouça quando paro na soleira da porta do quintal.

Bebeto está abraçado ao avô quando Fred e eu finalmente chegamos ao quintal. Meu pai e meu avô estão sentados sob a sombra de uma árvore no jardim enorme que cerca os fundos da propriedade.

Numa mesinha ao lado deles repousam dois copos de vidro, uma garrafa de uísque e um pequeno baldinho de gelo.

É sempre muito esquisito ver o carinho que meu pai nutre por meu filho quando estamos juntos... de certa forma eu sinto alguma paz nessa sensação de que ele está reparando a carência emocional que deixou em mim com sua ausência. Já cheguei a sentir ciúmes em algumas situações. É bizarro o impacto que algumas coisas deixam na gente.

— Sua bênção, vô! — digo, beijando a testa do velhinho na cadeira de balanço, que me retribui com um sorriso.

— Você devia vir mais vezes — ele responde.

— Oi, pai — digo, forçando algum entusiasmo que claramente não se manifesta.

— Deus te abençoe, Raul.

Bebeto logo sobe no balanço instalado pelo meu avô para mim mais de duas décadas atrás e reformado pelo avô dele para ele.

Meu pai dá um gole no uísque.

— Buenas tardes, senhores! — diz Fred, simpático.

— Que coisa boa você por aqui, meu filho! — diz meu avô, entusiasmado.

— Boa tarde, Fred! — retruca meu pai, mais delicado.

— Tava com muita saudade do senhor, seu Vlad! — Fred puxa uma cadeira e se senta à mesa.

— Eu já lhe disse que Vlad é nome de vampiro, Alfredo. É Vladimir — meu avô o lança um olhar engraçado, e Fred ri quando ouve seu nome de batismo.

— Eu gostava mais de você quando me chamava de vô.

— Mas não se atreva a me chamar de tio! — Meu pai rebate.

Meu pai nunca gostou de ser chamado de tio pelos meus colegas ou amigos. O fazia se sentir mais velho... assim ele dizia. Mas também não gostava de ser chamado de seu Roberto. Era Beto.

Raquel sugeriu nomear nosso filho usando o nome de meu pai por considerá-lo um nome forte, bonito. A contragosto, para não contrariá-la, concordei com o nome, contanto que ele tivesse um primeiro nome, e depois de muita discussão, batemos o martelo em Paulo Roberto. Nosso Bebeto.

Sento-me à mesa e respondo a algumas perguntas de meu avô sobre o jornal. Ele evita perguntar sobre Raquel, mas me pergunta como vai minha vida amorosa e consigo notar através dos óculos de sol de meu pai que ele presta uma atenção especial nesse trecho da conversa.

— Nada muito interessante acontecendo no momento.

— Isso procede, Fred? — indaga meu avô.

— Que nada, vô. Ele tá de rolo...

Chuto Fred por baixo da mesa e ele ri do gesto. É um palhaço.

— Você não vai falar sobre isso, né? — meu avô pergunta.

— Não pretendo — respondo.

Quando entramos para almoçar, Bebeto amarra a cara por ter que parar de brincar no balanço.

Zuza põe a mesa para que comamos a feijoada preparada por meu avô. É apenas uma das muitas especialidades dele.

O silêncio do almoço é cortado pelo bate-bola entre Fred e meu avô. Meu pai fala pouco, mas me olha de soslaio algumas vezes. É sempre como se eu fosse um ser estranho no mesmo ambiente que ele.

São pouco mais de três da tarde quando meu pai afirma que precisa ir embora por algum motivo para o qual não dou muita boa. Felizmente ele e meu avô não iniciaram nenhuma discussão sobre as vertentes ideológicas dos sistemas de governo vigentes... os dois sempre tropeçam no assunto e o resultado não costuma ser muito agradável.

Fred, Bebeto e eu estamos na piscina quando meu avô me chama para uma conversa. Saio da água e me enxugo rapidamente numa toalha antes de vestir uma bermuda e me sentar ao lado dele na mesa.

— Você tem ligado para o seu pai? — ele pergunta.

— Você sabe que não, vô.

Ele respira fundo... lá vem mais um sermão. Fixo os olhos em Fred e Bebeto brincando na piscina para não ouvi-lo, mas ele faz questão de seguir falando.

— Ele é seu pai.

' Essa definitivamente é a frase que mais detesto ouvir, e passei a vida inteira ouvindo-a não só do meu avô, mas de diversos amigos da família que sempre notaram que minha relação com meu pai não era das melhores. Quer dizer que um laço de sangue torna uma pessoa melhor e apaga toda a falta de afeto?

— Vô... eu realmente não quero falar sobre esse assunto. Eu não vejo da mesma maneira.

— Não se esqueça que quando sua mãe foi embora quem segurou as pontas foi ele.

— Que pontas, vô? Dinheiro ele sempre teve. E a falta de carinho, de atenção, de incentivo? Quem cobre? — despejo, mais agressivamente do que pretendia. — Minha mãe foi embora por causa dele.

— Não se deixe enganar, Raul... você cerca sua mãe de uma expectativa e de um carinho muito grandes... lembre-se que ela não faz parte da sua vida há mais de duas décadas.

Não era verdade. Eu e minha mãe nos comunicávamos algumas vezes... eu recebia cartões postais nos primeiros anos sem ela, depois eram telefonemas... passei algumas semanas em Paris ao lado dela quando tinha doze anos. E das vezes que viera ao

Brasil, tinha me ligado e nos encontramos. Prefiro não argumentar para evitar contrariar meu avô.

Voltamos para casa no carro de Fred enquanto Bebeto dorme no banco de trás. Ao chegarmos no apartamento, subo com ele, maior e mais pesado no colo, e o ponho na cama. Dou-lhe um beijo na testa e fico ali com ele por algum tempo, rememorando seus primeiros dias de vida, suas primeiras palavras, seu primeiro dente... enxugo as lágrimas do rosto e saio do quarto deixando a porta entreaberta.

Sento-me na sala e vejo o capítulo de ontem da novela.

9

JOVEM

escrita por Julio Secchin
interpretada por Julio Secchin

Chega o dia do aniversário de Marília e saio com Fred a caminho do apartamento dela sem intenção alguma de ficar mais que uma hora por lá.

Festa estranha com gente esquisita, diria Renato Russo. Ainda tô legal, e não comecei a birita ainda, mas logo apanho uma cerveja de um dos vários coolers aleatoriamente espalhados pelo apartamento.

Fred desata a conversar com Cláudio enquanto eu e Pat trocamos algumas palavras e olhares lascivos. Possivelmente terminaremos a noite em sua casa.

Só avisto Marília algum tempo depois de chegarmos.

Ela traja um vestido de um amarelo meio escuro que fica entre um bege e um laranja, mas que realça muito bem o falso ruivo de seus cabelos.

— Onde é que tu tava? — pergunto ao abraçá-la depois de ter dado os parabéns.

— Me produzindo, né. Eu mereço. Você tá bem?

— Tudo tranquilo. Pelo menos por enquanto.

Ela me beija a bochecha e vai falar com outros convidados, antes puxando Cláudio para um beijo de energia tão erótica que chegou a me constranger por alguns segundos.

Vou andando pela ampla sala do apartamento, onde ecoa "I Miss You" do blink-182, em direção ao corredor.

Vou até o banheiro e fecho a porta. Um cheiro de cigarro imediatamente toma conta de minhas narinas e chego a ficar atordoado. Alguém fumou aqui.

Nunca fumei, mas Raquel fumava muito até descobrir a gravidez. Confesso que havia algo de charmoso na maneira com que ela o fazia.

Quando deixou de amamentar Bebeto ela não tardou a voltar com o cigarro. Nos últimos meses que passamos juntos ela havia aumentado consideravelmente a quantidade de cigarros que fumava. Será que o cansaço de mim a fazia fumar mais? Ou era a ansiedade relacionada ao caso que estava tendo?

Jogo uma água no rosto e o seco com as costas da mão. Engulo o resto da cerveja e desovo a garrafa num balde de lixo ao sair do banheiro.

Foi então que a avistei pela segunda vez...

Ali estava a mulher que não saíra da minha cabeça nos últimos dias. Só podia ser o destino.

Rose.

Ro-se...

Ela está acompanhada de um homem ridículo. Ele é mais baixo, usa uma camisa florida e uma bermuda azul. Eu não usaria esse adjetivo para descrevê-lo em outra ocasião, mas era ridículo que ele estivesse ao lado de alguém como ela.

Rose vestia uma blusa branca com uma foto da Rita Lee por dentro da calça e tinha os belos cabelos cacheados de que me lembrava presos num coque.

Ali eu me apaixonei novamente por ela.

Marília parecia ter notado que eu não tirava meus olhos dela, pois logo tratou de trazê-la para perto para me apresentar... e eu quase não consegui falar.

— Deixa te apresentar... Raul, essa é a Rose. Rose, Raul — Marília nos apresenta. — Esse aqui é o Mário.

— Prazer — diz Mário, estendendo a mão.

Nem me dou ao trabalho de olhar para Mário quando o cumprimento. Estou absorto em Rose.

Ro-se...

— A Marília falou que você é escritor — ela diz, e ouço sua voz suave, me apaixono outra vez... sinto os pelos do meu corpo arrepiarem. Ela troca a taça de vinho branco de mão para me cumprimentar.

— Escritor não é bem a palavra... sou jornalista.

— Ela tinha me dito que você escreve uns contos... Coisa do tipo.

— Só de vez em quando... nunca submeti ou publiquei. É mais um hobby mesmo.

— O Mário trabalha numa revista literária. A Letra e Palavra.

Me forço a ser cordial com Mário. A revista é excelente.

— Que maravilha! Vira e mexe leio alguma edição.

— Me envia algo seu! Quem sabe o pessoal não compra! — ele diz, simpaticíssimo, e por um momento me sinto mal por estar tentando flertar com a namorada dele.

— Pode deixar! Eu adoraria!

— Vou dar uma circulada — ele diz, e beija Rose castamente na boca antes de sumir corredor adentro.

— Você é fotógrafa, certo?

— Isso! Faço alguns ensaios privados, mas também fotografo pra arquivo de revista e coisa do tipo... Já escrevi alguns perfis e ensaios também. Mas nada muito bom.

— Duvido muito dessa afirmação.

— Por que é que você diz isso?

— Porque dificilmente alguém como você faria alguma coisa minimamente ruim.

— Defina alguém como eu... Se essa afirmação for baseada apenas na imagem física que você tem de mim eu vou ficar tentada a achar que você tá forçando uma gentileza com segundas intenções...

Fico calado. Posso piorar as coisas se rebater.

— Será que tô certa? — ela diz, um sorriso esboçado no canto da boca, como se tivesse acabado de vencer numa partida de dominó.

Retruco com um sorriso e fixo meus olhos nos dela.

— Você é meio galanteador, né? — ela prossegue, enquanto sigo calado. — E ficou mudo, aparentemente.

Começo a rir.

— Desculpa.

— Não precisa se desculpar. Achei divertido... só achei um pouquinho deslocado.

— O que é que a gente faz quando se atrai por alguém assim? Como se estabelece um diálogo?

— Você tá atraído? — ela rebate.

— Meu silêncio falou por si só...

Ela abre mais o sorriso, e sinto que estou no caminho certo.

— Se eu realmente for embarcar nessa de me lançar como autor... de publicar algo na revista... eu precisaria de umas fotos bacanas, né?

Ela dá um gole na taça de vinho antes de balançar a cabeça veementemente.

— Com certeza!

— Você me ajudaria com isso?

— Olha, eu não recuso trabalho... Quem sabe não vale a pena escrever seu perfil junto com o conto?

— Seria uma honra ser descrito por alguém como você...

— Mais uma vez elogiando meu trabalho que você não conhece ainda pra tirar proveito...

Levo a mão ao peito afetadamente e sorrio.

— Perdão.

— Pra ser sincera... eu sou um pouco ácida nos perfis...

— Acidez não me incomoda nem um pouco... — digo, e ela passa a mão pelos cabelos. — Posso pegar seu telefone? — retruco antes que Mário chegue, passando meu aparelho para ela, que digita o próprio número e o salva.

Mário a conduz para longe de mim e eles se perdem em meio às diversas rodas sociais na festa.

Passamos a festa inteira trocando olhares. Observo-a dançar ao som de um péssimo remix de "Pintura Íntima" do Kid Abelha, livre, alegre, sexy...

Ela é incrível.

10

TE FAÇO UM CAFUNÉ

escrita por Zezum
interpretada por Mariana Aydar

Chego ao estúdio de Rose para fazer as fotos pouco depois das sete e meia. Saí mais cedo da redação e tomei um Uber para não demorar muito.

Passei em casa, tomei um banho e usei um dos perfumes caros de Fred que peguei emprestado sem que ele soubesse.

Duas semanas atrás, depois do aniversário de Marília, peguei um dos contos que tinha preparado, e que romantizava exageradamente minha separação de Raquel e reli rapidamente, fazendo uma revisão apressada. Me perguntei se ela se reconheceria ali ou se incomodaria... mas mandei assim mesmo.

Acabou que menos de três dias depois recebi uma resposta de que, se estivesse de acordo com algumas pequenas revisões impostas por um editor especializado, poderia ter o conto publicado na próxima edição física para assinantes da revista junto com um perfil sobre mim.

Topei logo de cara pela possibilidade de ter algo meu publicado fisicamente, e pelo cheque de quase quatro mil reais que receberia pelo trabalho...

O trabalho na revista também me permitiria assuntar com Rose sem forçar qualquer coisa... o que era definitivamente a parte mais interessante.

Fred me emprestara o carro para a empreitada de tirar as fotos no estúdio de Rose, o que definitivamente facilitou minha vida, mas não me poupou de algumas longas dezenas de minutos preso no trânsito que liga a zona sul à zona norte do Recife à noite.

Estaciono na frente do casarão de número 130 numa rua da Madalena e fico impressionado com o lugar. Cuspo o chiclete que vinha mascando no caminho dentro do papel e o atiro na lixeira na frente da casa antes de tocar o interfone. Levam alguns segundos até que eu obtenha resposta.

— Oi... — e ouço a voz de Rose do outro lado.

— É o Raul — digo numa segunda tentativa depois de minha voz falhar na primeira.

— Já vou!

Ela bate o interfone e olho para os lados na rua pouco movimentada até ouvir os passos atrás do portão.

O portão de alumínio começa a correr fazendo um barulho alto até abrir uma fresta que me possibilite passar. Entro, e o portão logo fecha atrás de mim.

— Boa noite! — diz Rose, entusiasmada, com um controle preto na mão.

Ela traja um macacão branco e só consigo tirar os olhos dela para observar a propriedade ao redor. Estou num gramado ao lado de uma piscina e um tanto além, a vários passos de onde estou, vejo a casa de dois andares que me impressiona pela beleza.

— Tudo bem? — me aproximo e a cumprimento com um abraço e um beijo na bochecha.

— Adorei o seu conto...

— Você leu? — indago, surpreso.

— Li sim... quando o Mário me disse que você tinha submetido o conto à revista pedi pra escrever o perfil... você escreve muito bem.

— Fico feliz em ouvir isso... pra mim eu só saio digitando um monte de baboseira melodramática.

— O que seria do romance sem o melodrama? — ela responde.

— Fiquei curioso pra saber o que você escreveu nesse perfil...

— Na verdade ele ainda tá em construção... vai depender da faceta que você me mostrar hoje.

— Qual você quer ver? — retruco.

— A mais íntima — ela sorri, e um arrepio percorre minha nuca.

Sorrio para disfarçar a falta de jeito.

— *Vamo* entrar? — ela convida.

Pouco tempo depois estamos na sala de estar, adaptada majestosamente para um estúdio de fotografia, com uma câmera já instalada no tripé, rebatedores, um banquinho e uma parede lisa pintada num branco impecável. Um forte ar-condicionado derruba a temperatura em alguns graus.

Ela se direciona para uma arara posicionada no canto da parede com uma variedade de suéteres, camisas e camisetas. Na parede oposta, um bar com diversas garrafas, taças e um balde de gelo recém-abastecido.

— Adorei sua camisa, mas pro que a gente quer fazer hoje acho que vamos usar algo diferente...

Ela analisa as roupas e volta o olhar para mim.

— Você é alto... é um G, né?

— Isso — respondo, à beira de uma crise de ansiedade.

Ela então puxa um cabide com um suéter azul e o estende para mim.

— Pode se trocar no banheiro se tiver vergonha...

Decido seguir o baile...

— Tem problema se eu trocar aqui mesmo?

— Problema nenhum... — ela me sorri novamente.

— Segura pra mim? — tiro os óculos e os estendo para ela, que pega.

Me dispo da camisa com alguma falta de jeito e visto o suéter azul. Ela põe os óculos de volta no meu rosto.

— Tá perfeito... Pode sentar no banquinho.

Me dirijo apressado ao banquinho alto e envernizado e sento.

— Você bebe? — ela pergunta, se dirigindo ao bar?

— Infelizmente vou precisar passar... tô dirigindo.

— Tem algumas pessoas que se sentem mais confortáveis com um pouquinho de álcool no juízo — ela responde.

Num copo, ela põe uma pedra de gelo e despeja uma dose de um uísque caro. Aproveito o momento para correr os olhos para outro ângulo da casa, ampla e absurdamente espaçosa.

Toda a decoração é feita em contrastes de preto e branco. Um sofá branco enorme se localiza na outra extremidade da casa junto a algumas poltronas.

Ela bebe do uísque e mexe no celular fazendo com que uma música comece a ecoar pelas várias caixas de som instaladas no alto das paredes. É "Charlie Brown", do Coldplay. Uma de minhas músicas favoritas.

— Podemos? — ela pergunta.

— É só fazer pose?

— E responder minhas perguntas...

— Opa... tô intrigado.

Ela se posiciona junto da câmera, mexe na lente e já começa a clicar.

— Quem é Raul Coimbra?

— Depende de quem quer saber...

Ela ri, mas percebo que desgostou da piada... talvez eu deva pegar leve.

— Alguém que tá tentando achar um rumo na vida fazendo o que gosta...

Mais um clique.

— Que seria?

— Escrever, conhecer mais coisas, mais pessoas, histórias... e quem sabe se apaixonar de novo.

— Tão romântico como o protagonista da sua ficção...

— Acho que eu sou um projeto de romântico.

Mais uma foto.

— Define pra mim.

— Alguém que quer desesperadamente ser atingido por essa coisa de amor que muda a vida da gente... que deixa a gente encabulado, que provoca essa ansiedade quase incontrolável diante da ausência ou da proximidade do outro... mas que entende que o amor talvez seja só uma construção em volta de uma palavra e que possa ser muito mais um estado de espírito do que um sentimento de fato.

— Você fala em se apaixonar de novo... será que o amor é realmente só um conceito tendo em vista que nas suas palavras você já teria experimentado ele? Não seria incoerente, ou até mesmo hipócrita?

Percebo que ela tira mais uma foto diante do meu olhar perplexo tentando processar o que acabo de ouvir.

— Essa ficou ótima. Vira de lado, por favor... e olha pra a câmera.

Faço o que ela manda, e mais um clique.

— Você não respondeu minha pergunta...

Sorrio.

— Não faz parte dessa coisa de amor ser um pouquinho incoerente? — respondo.

Ela desacopla a câmera do tripé e chega mais perto. Sem perceber, seguro a respiração e pressiono forte a ponta dos dedos contra a base do banquinho.

— Eu diria que o que faz parte *dessa coisa de amor...* — ela debocha dando mais ênfase às minhas palavras anteriores — é que até o maior absurdo passa a ser coerente.

Mais um clique.

— Acho que a gente tem umas boas aqui.

Finalmente recobro o ar e desvio o olho para as pontas dos dedos, que se desfazem do roxo para a cor normal.

— E pro perfil, tem o suficiente?

— Aliado ao que eu já sei sobre você... vai render um bom parágrafo.

— Fico feliz em saber.

— Mais uma pergunta... — ela bebe novamente do uísque antes de continuar — a mulher... a esposa... do seu conto... é uma pessoa real?

Eu gostaria de responder que não, mas opto pela sinceridade na resposta a Rose.

— Sim.

— É a mãe do seu filho?

Assinto com a cabeça, e ela gasta algum tempo fitando-me, e me sinto nu... como se ela estivesse me desvendando.

— Você amou muito essa mulher.

— Amei — confirmo, e mordo o interior da minha bochecha com alguma força até sentir o gosto do sangue.

Algum silêncio paira entre nós.

— Ela sabe? Do conto?

— Não.

— Você deveria contar... por mais que seja uma peça de ficção tá muito nítido ali que existe alguma coisa... Ela pode se sentir muito exposta, apesar do nome fictício. Tem muito amor e muita mágoa ali. Se ela ler sem ter essa noção... eu acredito que as coisas não vão se desenrolar muito bem depois. Conselho de mulher.

— Vou pensar a respeito.

Ela se serve de mais uísque.

— Como vai o Mário? — pergunto.

— Muito bem... acho que a gente se viu tem uns três dias.

— Eu acho que não conseguiria ficar tanto tempo longe estando num relacionamento...

— E é por isso que eu sou adepta de um relacionamento que quebre regras... preciso do meu espaço.

— Ele também?

— Tá perguntando pra saber se pode seguir em frente com o seu flerte?

Ela é assustadora... e excitante.

— Talvez.

Ela se aproxima do meu ouvido.

— Ele também tem a liberdade dele...

Não espero que ela se afaste e colo minha boca na dela... o gosto do uísque invade minha língua e enterro minha mão em seus cachos. Rose morde meu lábio com delicadeza, e isso só contribui para me deixar mais excitado.

— No sofá ou na cama? — ela pergunta num sussurro, ao interromper meu beijo.

— Em qualquer canto.

Ela começa a rir, e se afasta de mim a algum custo, me guiando pela casa para subir as escadas. O corredor se ilumina automaticamente ao passarmos por ele e entramos no quarto.

Dispo-a de seu macacão e, com ela de costas para mim, tateio todo seu corpo enquanto beijo seu pescoço.

Rose se volta para mim num movimento rápido e envolvo seus seios em minha mão, beijando-os longamente.

Ela me atira na cama e começa a tirar minha calça enquanto me livro do suéter. Sobre mim, ela começa a percorrer meu corpo com a boca, o suficiente para me levar à loucura.

— Quero você — digo, e a puxo para baixo, ficando sobre ela.

Naquela noite eu não simplesmente transei com Rose... fiz amor com ela, e isso se repetiria por diversas vezes nos dias que se sucederam.

— Você sempre transa com os perfis que escreve? — perguntei, mais tarde.

— Só com os mais interessantes — ela riu.

Fato é que não me apaixonei sozinho... ela acabou por largar Mário dali a um tempo e sua metodologia de relacionamentos mudou.

Tenho que admitir que subestimei Mário, que veio a se tornar uma pessoa agradabilíssima uma vez que deixou de ser um obstáculo para meu relacionamento com Rose – pelo menos era assim que eu o enxergava antes.

11

TEMA DE AMOR

escrita por Carlinhos Brown e Marisa Monte
interpretada por Marisa Monte

Os dias que antecederam a publicação da revista foram tomados de uma ansiedade descomunal, e parte dela se devia aos constantes devaneios que eu tive refletindo sobre as possíveis reações de Raquel ao lê-lo.

Pensei novamente em contar para ela, mas era tarde demais. As edições da revista compradas na pré-venda começariam a ser enviadas dali dois dias.

Ouvi longos sermões de Fred e Marília sobre o assunto, enquanto Rose, ao perceber que eu realmente não contaria nada, desistiu de insistir.

A redação do jornal ficou animadíssima ao saber da publicação, assim como meu avô.

Meu pai chegou a me telefonar para me parabenizar pelo feito, e a ligação durou menos de vinte segundos.

Mais do que para ver meu escrito publicado fisicamente, eu estava ansiosíssimo por ler as palavras de Rose a meu respeito em seu perfil que foi guardado a sete chaves.

Na sexta-feira em que as revistas começaram a chegar, Fred veio à redação na hora do almoço para entregar minha cópia em mãos.

Abro o pacote dos correios e tiro a revista do plástico às pressas. Na capa, uma pintura de um artista do Rio Grande do Sul. Checo o índice para descobrir que o conto se encontra na página 35, precedido por um perfil de Rose Fernandes. Avanço as páginas e na metade superior, me admiro na foto tirada por ela, um olhar meio perdido, o suéter azul...

Como título do texto, entre aspas: "Um projeto de romântico...". Nos cantos da página, citações de minhas palavras.

*Aos vinte e oito anos, o jornalista recifense **Raul Coimbra** impressiona em sua estreia como autor de ficção trazida exclusivamente pela **Letra & Palavra** num conto repleto de um sentimentalismo tão real e palpável que é bastante difícil não se identificar com características de seus personagens.*

Em primeira pessoa, ele empresta sua escrita a um personagem em luto por sua vida afetiva e que constrói um perfil devastador do grande amor de sua vida. Uma carta de amor de quem está indo embora.

O autor não parece diferir muito de seu objeto de estudo. Um tanto tímido, mas charmoso e eloquente, e até ácido na medida certa, ele discorre longamente sobre suas influências vindas das telenovelas, das quais é fã apaixonado. Em sua carreira como jornalista, coleciona excelentes matérias desde artigos sobre situações como tragédias naturais a eventos sociais ocorridos na cidade.

Tão fascinante pessoalmente quanto profissionalmente, Raul Coimbra é definitivamente um nome a se prestar atenção na literatura contemporânea.

Me sinto absurdamente lisonjeado pelo perfil de Rose e logo ligo para agradecer. Ela me convida para jantar e eu aceito prontamente.

Telefono em seguida para Mário para agradecer o espaço e a confiança na revista.

...

Nos dias que se seguem, recebo inúmeros telefonemas e mensagens sobre o conto, que faz relativo sucesso. Me sinto encabulado com toda a repercussão, mas aparentemente é um sinal de que fiz um bom trabalho.

Uma semana depois da publicação, e nenhum sinal de que Raquel o tenha lido. Talvez ela nem o leia. Tento ser otimista. Começo a me arrepender de não ter contado antes uma vez que todos os comentários e críticas ressaltam a importância do ex-interesse romântico do protagonista do conto.

Rose e eu temos nos visto com mais frequência. Apresento-a a Bebeto e eles se dão muito bem. Levo Rose para almoçar com meu avô, meu pai, Fred e Bebeto no final de semana e eles se dão incrivelmente bem.

Enquanto eu e meu avô conversamos, percebo que meu pai e Rose se entrosam bem e mais tarde ela me conta sobre o quanto ele demonstrou me admirar ao conversar com ela... parece até deboche. Ela vai embora mais cedo, e meu pai e meu avô tecem ótimos comentários sobre ela depois.

...

Quando chego para entregar Bebeto a Raquel, Cássio me recebe com a revista na mão e sinto meu coração errar o compasso por alguns segundos.

Raquel logo vem ver Bebeto e o pede para ir tomar banho. Cássio se despede de mim rapidamente.

— Você sempre foi um excelente escritor...

O tom de voz entrega sua irritação. Conheço muito bem esse tom.

— Raul... eu podia fazer um discurso enorme sobre como é absurdo você me expor a isso tudo... porque não é possível que você não tenha pensado que qualquer pessoa que me conhecesse não ia me associar a essa megera que você escreveu. Pior... você não pensou que o Bebeto vai querer ler isso em algum momento da vida, né?

Engulo em seco.

— O que mais me surpreende nessa cachorrada toda definitivamente é a tua covardia.

Penso em despejar contra ela todo meu rancor... falar tudo que tenho vontade, que me entala, para contra-argumentar, mas creio que o conto tenha feito isso por si só. Talvez por isso ela esteja tão irritada.

— Você sempre se recusou a conversar comigo sobre isso, mesmo que eu tenha te dado toda a abertura... e eu conheço você suficientemente bem pra saber que você precisava extravasar toda essa sua bagunça interior de alguma maneira. Você sempre foi ótimo escrevendo... de certa forma é até fofo pensar que você escreveu uma carta enorme dessa sobre mim... mas ao invés de me mandar, você publica numa revista.

— Bom... desculpa ter te exposto — digo, seco, na falta de algo melhor a responder.

Ela ri, irônica.

— O mínimo, né — ela coça a cabeça da mesma forma como sempre fez quando estava ansiosa ou irritada... é estranho como ela continua sendo tão fácil de reconhecer. — Eu sei que eu não sou a pessoa mais correta do mundo, principalmente nessa situação. Mas aconteceu de eu me envolver com outra pessoa e eu peço desculpas não só pela sua decepção, porque eu sei que te magoei, mas pelo nosso filho também. Mas eu não vou ficar me culpando nem servindo de bode expiatório pra essa sua necessidade de transformar tudo que você vive numa novela mexicana, Raul. Você definitivamente não é uma pessoa imatura, mas tá precisando crescer mais um pouquinho.

Cerro os dentes e os punhos para afastar a vontade de chorar... talvez ela esteja certa. Ela está certa.

— Bom... meus parabéns pelo sucesso do teu conto. Você sempre foi extremamente talentoso. Boa noite, Raul.

Ela bate a porta. Pego o elevador e, dentro dele, finco as unhas na palma da mão até sentir o ardido do corte.

Me desmonto no choro ao entrar no carro de Fred e ele não me pergunta nada até chegarmos em casa. Ao bater a porta do apartamento, ele se reserva a dizer um "eu te avisei".

...

Passada toda a tormenta, Rose e eu nos dedicamos de fato a construir um relacionamento.

Era absolutamente incrível como tudo dava certo com ela, como tudo encaixava com ela. O beijo, o sexo, o diálogo... E ela definitivamente era alguém que não se preocupava com pudores em relação à sua intimidade.

Numa noite, gastamos algumas horas conversando sobre nossas vidas universitárias e ela me contou sobre um rolo rápido que teve com uma colega de turma que acabou se apaixonando por ela e com quem ela transou por algum tempo mesmo depois de perder o interesse pela preguiça de romper de fato e magoar a garota.

Confesso que fiquei enciumado na hora.

— Foi depois daquilo que eu decidi que nunca mais ia me forçar a nada pra poupar os outros... — ela disse. — De que adianta abrir mão do que eu quero? Quem vai terminar frustrada sou eu.

Aquela frase respondia tudo sobre como nosso amor acabaria mais tarde, mas eu não absorvi muito aquelas palavras na hora.

...

Num jantar com Fred, Marília e Cláudio, alguns dias mais tarde, Rose acabou revelando que tinha se inscrito para uma vaga numa oficina de fotografia e literatura que duraria alguns meses em Portugal.

Me recordei dela ter citado a oficina há algum tempo, mas não cheguei a imaginar que ela tivesse se inscrito.

— Ih... o Raul não vai aguentar a distância esse tempo todo não... — dispara Marília. — Carente que só ele...

— Porque é que você não se inscreve pra tentar uma vaga também? Ia ser super bacana você ir junto... — Rose responde, entusiasmada.

— Seria uma boa... mas tem o Bebeto, que tá numa fase importante... tem o jornal. Acho que não ia conseguir liberação pra passar tanto tempo fora... Quem sabe eu não te visito uma semaninha se você for?

— Eu ia adorar... — e ela me dá um beijo curto, carinhoso.

Eu amava tudo em Rose. Tudo sobre Rose.

O cheiro do perfume, a maciez da pele, a força do beijo, os cachos, o toque dela capaz de me arrepiar, a elegância, o sussurro no meu ouvido toda vez que estava prestes a atingir o clímax no sexo...

Eu não achava que fosse me entregar tanto depois de Raquel. Rose era a mulher da minha vida.

E então ela foi aceita na oficina em Lisboa.

12

RIGHT WHERE YOU LEFT ME

escrita por Aaron Dessner e Taylor Swift
interpretada por Taylor Swift

Rose e eu prometemos um ao outro que iria dar certo à distância.

Na noite que antecedeu sua partida ela chorou durante o sexo. Sobre mim, me puxou pelos ombros para que eu lhe tomasse num abraço e chegamos juntos ao clímax enquanto ela me beijava o rosto, as unhas enterradas em minhas costas.

— Vou sentir saudade — ela sussurrou em meu ouvido.

A despedida no aeroporto parecia um velório.

Fred, Marília e Cláudio me acompanharam, enquanto Mário e alguns vários amigos de Rose também apareceram. Quando o voo foi chamado, ela me puxou para perto e disse que me avisaria quando chegasse.

As semanas que se sucederam foram difíceis. A falta de Rose em algumas noites chegou a me levar o ar. Quando Bebeto veio ficar a semana comigo eu consegui me distrair o suficiente. Raquel fazia questão de demonstrar seu desprezo por mim das vezes que nos encontrávamos, monossilábica e fria.

Rose e eu nos falávamos todas as noites. Fizemos um arranjo de tentar sempre entre as 19:00 e as 20:00 para driblar o fuso de quatro horas. Entre intervalos da oficina nos falávamos às tardes em alguns dias.

Vira e mexe chegavam e-mails em que ela me mandava fotos de uma qualidade absurda que me deixavam encantado. Rose também estava aprimorando as habilidades na escrita, dizia que eu adoraria a oficina se a estivesse fazendo. Redigiu alguns poemas, falou em começar a escrever um romance.

No segundo mês as coisas ficaram um pouco mais fáceis, parecia que havíamos nos habituado à distância. Não necessariamente nos comunicávamos mais todos os dias, mas as coisas estavam funcionando. Ou pelo menos eu achava que estavam.

Fred estava deitado na cama lendo um livro quando entrei em seu quarto e me encostei no portal para falar com ele.

— Tu acha que eu devia fazer alguma coisa? — pergunto a ele.

— Sobre o que? — ele responde, sem tirar os olhos do livro.

— Sei lá... a gente antes tava se falando todo dia... a impressão que tá é que as coisas esfriaram.

— Isso é normal, Raul. Vocês tão vivendo rotinas diferentes em fusos diferentes e países diferentes.

— Será que ela tá sentindo o mesmo que eu?

— Deve estar.

— Será?

Fred fecha o livro e o coloca de lado.

— Raul, se você acha que as coisas tão diferentes, qual a dificuldade de conversar com ela?

E foi aí que eu tomei a decisão mais estapafúrdia que eu podia tomar naquele momento.

— E se eu for pra Portugal?

Fred me encarou, incrédulo.

— WhatsApp tá aí pra evitar isso. Tem carta, e-mail e Skype também.

— Acho que fazer uma surpresa pra ela vai ser uma boa.

— Tu tem o endereço de onde ela tá ficando?

— Tenho.

— Se tá afim de gastar uma bala em euro... vai, ué.

Antes que eu saia do quarto ele me chama novamente.

— Só toma cuidado, Raul...

— Por que?

— A Rose tem essa coisa de dizer às pessoas exatamente o que elas querem ouvir... pelo menos é o que falam.

— O que é que tu quer dizer com isso?

— Tô só pensando alto... Não quero que você saia mal dessa. Eu não acho que se a coisa esfriou a melhor atitude a se tomar é se enfiar num avião rumo à Europa pra ter um tête-à-tête com uma pessoa que mal tá te respondendo.

Eu estava apaixonado. O que Fred falou nem fazia sentido pra mim.

No dia seguinte, conversei com Marília, que tentou me dissuadir da ideia, sem sucesso. Pedi minhas férias, que adiei por alguns meses a Salvador, e meu chefe me liberou. Então, comecei a organizar a viagem.

...

Desembarco irritado em Lisboa. Passei a viagem inteira com um imbecil chutando minha cadeira.

Passo na imigração e na saída logo peço um táxi. Troco os óculos de grau pelos de sol no caminho e chego na estação Cais do Sodré em pouco menos de vinte minutos e tenho um diálogo bastante amigável com o taxista, que se empolga ao saber que estou indo surpreender minha namorada.

Não preciso esperar tanto pelo trem, e logo embarco. Saco da bolsa meu exemplar de Daisy Jones and the Six e vou lendo no trajeto. Levanto a vista na viagem pela beira do Tejo algumas vezes ao passarmos pelas estações de Caxias, Santo Amaro e Estoril.

Finalmente salto em Cascais e vou direto para o hotel. Minha ansiedade quer logo surpreender Rose, mas decido me atirar na cama e dormir.

Quando acordo são pouco mais de sete horas. Mando uma mensagem para Rose.

Eu: Tá aí?

Ela não demora a responder.

Rose: Tô! Tudo bem?
Eu: Sim... só com saudade.
Rose: Também tô.
Eu: Tá fazendo o que?
Rose: Indo jantar num restaurante com alguns colegas... e tu?
Eu: Fazendo o mesmo.
Rose: A essa hora?
Eu: A noite é uma criança.
Rose: Se eu fosse outra pessoa ia ficar desconfiada hahaha.
Rose: Me liga amanhã?
Eu: Com toda a certeza.
Eu: Te amo.
Rose: Beijo.

Fico no aguardo da resposta... mas a conversa se encerra ali. Eu devia ter percebido os sinais.

Acho que nunca tínhamos trocado um "eu te amo" até ali... Eu me lembraria se tivéssemos. Talvez eu tenha me precipitado...

Mas será que era um problema tão grande assim?

Ela posta um story alguns minutos depois e checo a localização do restaurante... fica a uma caminhada de quinze minutos daqui.

Vou andando até chegar no lugar bastante fino, organizado... A fachada é um jardim a céu aberto. Alguém canta um jazz em inglês muito agradável.

Procuro por Rose e meus olhos a encontram no centro de uma das mesas, acompanhada por duas mulheres e um rapaz. Ela ri, à vontade. Uma garrafa de vinho está disposta na mesa e enquanto todas as taças estão cheias, Rose seca a própria.

Ela me encontra com o olhar, e fica paralisada. De uma forma muito diferente da que eu imaginei que ela ficaria.

Fico à espera de um sorriso... de uma recepção... Encontro apenas seu susto.

Rose se ergue da mesa e se aproxima de mim, ansiosa. Sem jeito, ela me abraça. Eu a beijo, empolgado, mas ela se desvencilha de mim.

— Tá tudo bem? — pergunto. — Tava com saudade.

— Tá sim... eu só não... — ela ri, sem graça. — Esperava te encontrar aqui. Que surpresa!

— Era a intenção.

— Vem cá... deixa eu te apresentar! — ela me guia até a mesa.

— Gente... esse aqui é o Raul... meu... namorado do Brasil.

— O brasileiro! — diz o rapaz que depois descubro se chamar Tiago, com um sotaque lusitano carregadíssimo. — Rose contou-nos algumas coisas sobre ti!

As moças, Isabel, também portuguesa, e Ángela, uma espanhola que domina a língua se mostram simpáticas ao serem apresentadas.

Minhas diversas tentativas de me misturar aos assuntos da mesa são constantemente minadas e em determinado ponto do jantar eu apenas fico calado.

O trio dispersa pouco tempo depois e Rose e eu ainda ficamos na mesa... ela me faz perguntas básicas... como se fugisse de um diálogo.

— Tá acontecendo alguma coisa? — pergunto, me inclinando na direção dela, que entorna mais uma taça de vinho.

— Nada, Raul... só fiquei surpresa de te ver aqui. Se você tivesse avisado talvez a reação fosse outra, né — ela força um sorriso.

— Eu realmente não imaginei que uma visita fosse causar esse efeito... Desculpa.

— Você não precisa se desculpar.

— Eu vim pra ficar esse último mês do curso com você... A gente volta junto. Consegui férias da redação e...

— Eu ia te contar, Raul... eu não vou voltar no fim do mês... — ela diz, verdadeiramente sentida. — Eu consegui uma oportunidade bacana de viajar pela Europa com alguns colegas do curso explorando mais duas oficinas de escrita criativa... uma em Paris, e outra em Dublin...

— Nossa... — digo, surpreso. — Isso é ótimo, né?

— É, sim...

— E quando você ia me contar?

— Quando os detalhes tivessem alinhados... não ia adiantar de nada contar pra dar tudo errado depois... — e mais uma vez ela tentava dissipar a tensão do diálogo com uma risada.

— E como é que a gente ia ficar nisso? — pergunto.

— Raul... a gente ia ficar como tava, ué... A gente não precisaria romper por isso, né?

— Não sei, Rose... Sinceramente... A gente mal conversou nessas últimas quatro semanas... eu sempre te ligava e raras eram as vezes que você não tava saindo ou não tava cansada...

— Você não acha que isso é um pouquinho de egoísmo da tua parte não, Raul? Me querer cem por cento disponível pra você a hora que você quisesse?

Era.

— Eu só queria sentir que eu ainda era relevante pra você...

— Você nunca deixou de ser, Raul... mas isso é uma oportunidade profissional e pessoal que acontece raras vezes na vida da gente... você acha mesmo que eu ia abrir mão disso?

Eu não sabia como responder àquilo.

— Eu adoro você... mas não espere que eu abra mão de mim por esse relacionamento porque você sempre soube que eu não ia fazer isso... Se você acha que a gente não consegue seguir à distância... — ela faz uma pausa. — Tá nas suas mãos...

Talvez eu tenha sido imaturo consumido pela raiva na resposta que proferi depois...

— É... eu acho que não vai dar certo.

Pude senti-la se contrair sentada naquela cadeira. Ela balançou a cabeça, engoliu em seco.

Rose levantou, puxou alguns euros da carteira e deixou sobre a mesa.

— Tomara que você se encontre, Raul.

— Você também.

Aquela foi a última vez em que vi Rose.

Eu não me recordo agora quanto tempo passei sentado naquela cadeira. Era como se tudo tivesse congelado. Eu só existi... ali onde, numa imbecilidade, fiz com que ela me deixasse.

Talvez eu pudesse ficar mais tempo ali, esperando que ela voltasse. Talvez eu pudesse ir atrás dela, pedir perdão. Ela me deu a chance de seguirmos juntos. Eu que recusei.

Eu podia ficar ali para sempre... não tinha pra quê o tempo seguir em frente.

O garçom me interrompe do meu transe para avisar que o restaurante está fechando. Pago a conta, e caminho sem pressa rumo ao hotel, levando talvez o triplo do tempo para chegar até ele.

Deitado na cama, envio uma mensagem para minha mãe... Talvez passar algum tempo com ela em Paris não fosse uma má maneira de terminar as férias. De desligar a cabeça.

Apanho o livro da cabeceira e leio as pouco mais de cem páginas restantes até terminá-lo. Encosto o livro novamente para perceber que já está prestes a amanhecer. Passo mais algumas horas acordado, encarando o teto, até que minha mãe responde minha mensagem...

Mãe: Infelizmente não vou poder receber você, chéri. Pierre e eu estamos viajando pelo sul. Se tivesse me avisado antes, deixava a casa preparada para você. Vou adorar vê-lo no final do ano se quiser voltar... Traga Bebeto! Te amo!

Fred e Marília enviam uma série de mensagens em nosso grupo de WhatsApp perguntando como vão as coisas. Visualizo sem responder, e viro a cabeça para dormir.

Ao acordar, visito o site da companhia aérea e pago uma fortuna para marcar a passagem de volta para o dia seguinte.

parte três

REBECA

13

MESMO QUE SEJA EU

escrita por Erasmo Carlos e Roberto Carlos
interpretada por Marina Lima

E chegamos à semana que antecede o São João... das quatro semanas das minhas férias, duas já se passaram e nada fiz além de passar o dia com a cara enfiada num travesseiro, ouvir Marília Mendonça ou olhar para o teto.

Não li nada de novo. Bebeto deve ter me achado um porre na última semana que passou aqui, pois apenas vimos alguns filmes que ele escolheu enquanto eu ficava calado entre o sono e um ataque de raiva.

Não é fácil lidar com a própria mediocridade.

Fred foi de enorme ajuda nesses dias, uma vez que levou-o à escola na maior parte da semana e passeou com ele no shopping no domingo antes de entregá-lo a Raquel.

Eu estava um caco.

Essa aqui é a parte do livro onde fico irritante mais uma vez... Se não o estou sendo desde o início.

Depois do vexame que culminou no fim de meu relacionamento com Rose, eu não tinha muito o que fazer...

Até que chegou o final de semana e eu descobri que Fred e Marília me compraram um ingresso para um festival e me forcei a sair da cama com a meta de beijar pelo menos uma boca.

Já que eu tava fodido mesmo... pelo menos ia tentar sair do marasmo.

A arena está lotada. O vento frio vira mormaço em meio ao tanto de gente que se amontoa. Lá pelas 23:00, uma banda de covers sobe ao palco e reinterpreta músicas famosas como "Me Usa", "Carta Branca" e por aí, fazendo com que todo mundo solte a voz em coro acompanhando, inclusive eu.

Marília dança colada em Cláudio enquanto eu avisto Fred conversar com uma loira. Vou até o bar e compro outra cerveja que termino rápido demais.

Pouquíssimo tempo depois, meu olhar encontra Fred a beijar um cara moreno, alto que eu tenho a impressão de reconhecer de algum canto.

Estou sozinho, cercado de gente. Seria cômico se não fosse trágico. Pego outra cerveja.

A banda então começa a tocar uma música que eu reconheço de cara. É uma versão de "Xote da

Alegria", do Falamansa. Uma das minhas músicas preferidas.

Começo a cantar, alto, junto com a multidão. Quando viro o rosto reparo numa mulher que parece me encarar já há algum tempo. Seu rosto é belo, marcante. O cabelo curtinho e o vestido preto parecem ter sido minuciosamente pensados e combinados para impressionar.

Me demoro encarando-a e ela se aproxima. É um tanto mais velha, definitivamente. Ela exala uma energia efervescente, contagiante.

— Dança comigo? — ela pergunta, a voz animada.

— Claro!

Solto a cerveja em algum canto, passo uma de minhas mãos pela cintura dela, que descansa a cabeça em meu peito e dançamos a música, que eu sigo cantando...

Pra que chorar sua mágoa?
Se afogando em agonia
Contra tempestade em copo d'água
Dance o xote da alegria...

Levanto a vista quando a música acaba e percebo Cláudio, Marília e Fred, já sem o rapaz, nos encarando.

— Prazer, Raul — digo, estendendo a mão.

— Você dança muito bem, Raul... — ela retribui o gesto, e percebo por sotaque que ela não é daqui. — Rebeca.

— Tá sozinha? — pergunto.

— Tô sim... curtindo... vendo gente — ela ri.

— Não tá mais!

Ando alguns passos com ela e a apresento a Cláudio, Marília e Fred, que são bastante receptivos.

Descobrimos depois de algum tempo que Rebeca nasceu e foi criada no Rio de Janeiro. Marília simpatiza bastante com ela e elas conversam sobre algumas atualidades. Já estamos mais afastados do palco.

Me ofereço para dançar mais uma música com ela, e assim dançamos ao som de uma interpretação de uma música de Marília Mendonça.

— Isso é engraçado... — ela diz, enquanto dançamos. Nossos quadris encaixados.

— Por quê? — pergunto.

— Eu tenho idade pra ser sua mãe, Raul.

— Posso te contar uma coisa? — me aproximo de seu ouvido. — Você é muito mais gata que a minha mãe.

Ela dá uma gargalhada, e acerta os braços atrás do meu pescoço.

— Quantos anos você tem? — ela pergunta.

— E no que isso importa? — retruco. — É uma pergunta indelicada...

— Eu não tenho a menor intenção de ser chamada de papa-anjo.

Não consigo conter o riso.

— Vinte e oito. Você não tá cometendo um crime tão grande... ainda não.

— Por que ainda não?

— Porque a gente só tá dançando por enquanto...

— Por enquanto?

— Ia ser uma honra te ajudar a cometer esse delito.

— Você é muito saidinho, hein?

— Tô incomodando?

— Não...

— Então sim.

A música termina e aplaudimos a banda, que sai do palco para que a próxima monte os equipamentos. Um DJ começa a tocar um setlist aleatório que começa por algumas músicas de rock dos anos 80. Sério... isso aqui não era pra ser um festival junino?

Rebeca parece se divertir absurdamente quando a voz de Fausto Fawcett sobe cantando "Kátia Flávia". Ela berra junto à multidão que conhece a música enquanto se movimenta de um lado para o outro, contagiando Fred e Marília. Ela está animadíssima.

— Acho que ela te curtiu — Cláudio grita perto do meu ouvido para que eu o ouça por conta da música alta.

— Eu também — respondo, sem tirar os olhos de Rebeca.

Ela abraça Fred e Marília quando a música acaba e parece assumir uma certa timidez quando seus olhos encontram os meus a observá-la.

— Adoro essa música — diz.

— Eu percebi! — respondo.

— Me empolguei um pouquinho.

Pego uma cerveja para mim e Rebeca pede uma água. Quando volto a vista para procurar meus amigos, vejo Fred quase engolindo a cara da loira com quem o vi mais cedo. Ele nunca foi de perder tempo...

— Quer sair daqui? — ela pergunta.

— Pra onde tu quer ir?

— Se você quiser... a gente pode ir pra a minha casa.

— Seria uma honra.

Me demoro estudando o rosto de Rebeca. Fica nítido que tem uma história ali... marcada em sua beleza.

Ela é encantadora... charmosa. Definitivamente quero saber mais dela... conhecê-la melhor.

— Que doideira... — ela diz, forçando um sorriso e olhando para baixo, sem graça.

Ela bebe da água.

— Parece coisa de filme — completa.

— O quê? — pergunto.

— Isso tudo... a gente se conhece não tem nem uma hora e eu tô aqui, no auge dos meus cinquenta anos convidando um garoto pra a minha casa.

— Esse *garoto* tá ansiosíssimo pra conhecer a sua casa... — digo. — E meus amigos ali podem atestar que eu não sou uma pessoa que vá te assaltar ou qualquer coisa do tipo.

— Será mesmo?

— Pergunta pra eles.

Ela ri, mais uma vez.

— Então... vamos?

Nos despedimos de Marília, Cláudio e Fred e fazemos algum esforço para sairmos da arena. Já na rua, saco o telefone para chamar um Uber e Rebeca se adianta na minha frente em direção ao estacionamento.

— Tu tá de carro? — pergunto.

Ela vai na direção das motos e abre o baú traseiro de onde tira dois capacetes, me entregando um.

— Você costuma andar com dois capacetes por aí? — pergunto.

— Às vezes algumas surpresas acontecem...

Rebeca monta na moto e dá a partida, acelerando. Ela se vira para me fitar enquanto coloco o capacete.

— Monta aí — ela diz.

Subo na moto atrás dela e seguro firme nas laterais.

— Podemos? — Rebeca pergunta.

— Quando você quiser.

— É bom se segurar...

E então ela dispara com a moto numa velocidade considerável e tenho a impressão de que definitivamente já teria caído da moto se não fosse o baú atrás de mim.

Saímos de Olinda e chegamos no Pina pouco menos de 20 minutos depois. Passamos por Boa Viagem e noto que estamos indo em direção a Piedade.

Pelo horário, já passa da meia-noite, as pistas estão quase desertas e ela fura alguns sinais. Passamos mais algum tempo numa reta até Candeias. Ela faz um retorno pela beira-mar e diminui a velocidade. Quando chegamos ao prédio dela, o portão mecânico se abre e entramos na garagem.

— Nem te perguntei onde você mora... — ela diz, quando entramos no elevador pressiona o botão do oitavo andar.

— Boa Viagem. Ali perto do Ponteio.

— Eu podia ter te deixado em casa...

— Eu não tinha a menor intenção de ir pra casa.

— Você é bem rápido, né?

Chegamos, e ela caminha até o 802, girando a chave na fechadura e me convidando para entrar.

Ela fecha a porta atrás de si e tira as botas, e faço o mesmo com meus tênis, colocando as meias dentro deles.

Dou uma olhada rápida pelo apartamento e noto diversos quadros pendurados pela parede. Um deles, em específico, me chama a atenção.

É uma fotografia posada em preto e branco de Rebeca, saindo de uma cachoeira, usando um biquíni minúsculo. Ela ocupa quase que toda a parede. Chega a ser fascinante de tão erótico.

— É uma bela fotografia — digo, me demorando a observá-la.

— Foi pra um editorial de uma revista. Um jornalista de São Paulo tava fazendo sucesso com uma exposição de fotografias dele e convidaram pra uma matéria sobre mulheres de mais de quarenta e suas perspectivas... Lauro Vilhena o nome. Engraçado chamarem um homem pra escrever e fotografar uma matéria dessas... Pelo menos a foto ficou bonita.

— Acho que já li algum artigo dele sobre política! — digo. — E a foto ficou incrível.

— Obrigada.

Percebo mais algumas fotos parecidas espalhadas por porta-retratos e outros quadros.

— Você é modelo?

— Eu fui... por algum tempo. E atriz, e bailarina... eu já fui um bocado de coisa. Mas ser modelo foi o que mais ocupou o meu tempo, definitivamente.

Ela abre a porta da varanda e a brisa fria do mar adentra o apartamento.

— Depois dos trinta seu corpo e seu rosto passam a ser requisitados apenas pra matérias e editoriais sobre mulheres mais velhas... sempre são relacionados a idade.

— Com o perdão do comentário, eu acho que você liga demais pra essa coisa de idade.

— Talvez... eu realmente não tô acostumada a ter um garotão no meu apartamento de madrugada.

— Eu não tô acostumado a sair com modelos...

— Você toma um vinho? Ou vai ficar na cerveja?

— Eu te acompanho no vinho...

— Mais uma coisa que eu tenho saudade... misturar vinho e cerveja e não acordar com uma puta de uma ressaca no dia seguinte.

— Você é encantadora, Rebeca.

— Encantadora? — ela ri. — Você parece alguém do meu tempo falando.

— A gente pode deixar o papo sobre idade de lado um pouquinho?

Ela responde com um sorriso de canto de boca. Pega uma garrafa de vinho branco da geladeira e serve duas taças, me entregando uma.

— De que tipo de música você gosta? — ela pergunta.

— Eu gosto de tudo.

Ela pega o celular e se aproxima de uma caixinha de som. Marina Lima começa a cantar uma música de Erasmo Carlos... Reconheço. É "Mesmo Que Seja Eu".

— Você deve ter construído uma carreira e tanto!

— Foi muito boa, na maior parte do tempo. Mas depois dos trinta parece que todo trabalho que aparece é baseado na idade.

— É o nosso sistema... — respondo, na falta de um complemento decente.

Observo os porta-retratos espalhados numa prateleira e vejo a foto de um rapaz, que parece um tanto mais novo que eu.

— Seu filho? — pergunto.

— É — ela responde, e algum ressentimento se nota em sua voz. — Ele ficou no Rio com o pai. Eu mudei pra cá depois que o meu pai morreu. Ele morava aqui, administrando as próprias coisas.

— Tem muito tempo?

— Foi pouco depois que o Felipe completou dezoito anos. O casamento não era lá essas coisas... — ela senta no chão, encostada à parede e faço o mesmo, de frente para ela. — Digamos que o meu marido não era lá a pessoa mais agradável do mundo, nem mesmo no início do casamento. Mas ele era influente. E eu tava construindo uma carreira. Ele também não era má pessoa, não. Me apresentou a alguns diretores de teatro, me conseguiu alguns desfiles... Mas depois que eu fui mãe eu fiquei desinteressante a ponto dele me trair sem nem se dar ao trabalho de tentar esconder. E isso se deu por alguns anos. Sabe aquele ditado? "Você engole um boi, mas se entala com um mosquito"?

Faço que sim com a cabeça. Rio da expressão.

— Peguei ele falando da amante com um colega no nosso jantar de aniversário de casamento... Foi nojento. Eu fiz o barraco que me era de direito e fiz questão de pedir o divórcio na frente de todo mundo. Meu filho até ficou do meu lado... mas o pai tinha mais a oferecer. Não culpo ele.

— Nossas histórias tem uma certa similaridade...

— Deixa eu adivinhar... você também foi chifrado?

— Fui — digo, e bebo o vinho de um gole só.

— Foi uma jornada pra superar... mas já veio outro pé na bunda. Tô meio que anestesiado. Tentando criar meu filho sem que ele seja afetado pela montanha de merda que caiu em cima de mim.

— Você também é pai?

— Sou. Ele tem sete. Bebeto.

— Você parece ser um bom pai.

— Espero que eu seja. A mãe dele também achava... pelo menos eu acho — suspiro.

Viro a cabeça para olhar para a varanda.

— A gente perde a certeza de um monte de coisa numa situação dessas.

— É foda. Você sente como se tudo que fez até o momento não tivesse valido de nada — ela diz. — Mais vinho?

— Acho que já bebi o suficiente por hoje.

Ela também termina o próprio vinho.

— Me fala mais de você — Rebeca se levanta e se serve de mais vinho, voltando para a posição anterior e esticando as pernas sobre o chão.

— Eu sou jornalista... e agora escritor também. Uma revista publicou um conto meu e aparentemente as pessoas gostaram do que eu tenho pra dizer.

— É um intelectual.

— Eu espero que sim.

Angela Ro Ro começa a cantar "Compasso".

— Adoro essa música — digo, e começo a cantarolar. E Rebeca endossa.

Ficamos ali, cantarolando a música. Nos encaramos por alguns espaços de tempo e depois viramos a vista. Rebeca é fascinante.

É o que pulsa o meu sangue quente
É o que faz meu animal ser gente
É o meu compasso mais civilizado

E controlado...

— Tira a roupa — ela diz.

— É? — pergunto, surpreso.

Ela balança a cabeça afirmativamente.

Começo a desabotoar a camisa, e ela parece me estudar enquanto me encara fixamente. Atiro a camisa para o lado e desafivelo o cinto da calça. Hesito por um instante e então puxo a calça junto com a cueca até os joelhos e começo a rir, achando graça da situação. Tiro tudo e ponho de lado. Estou completamente nu, sentado no chão frio do apartamento de Rebeca.

— Tira a minha — ela pede, a voz firme, e imediatamente a alcanço, ajoelhado.

Puxo as alças do seu vestido e me inclino mais. Meus lábios quase tocando seu pescoço. Puxo o zíper do vestido para baixo e faço alguma força para despi-la dele.

Ainda perto dela, começo a tocá-la. Minha mão passeia por seus ombros, seu colo, até que encontra seus seios. Ela não se mexe. Deixa que eu percorra seu corpo com a mão até parar sobre sua calcinha.

— Posso? — pergunto, baixo.

Ela assente com a cabeça, e introduzo minha mão em sua calcinha, massageando seu sexo, úmido.

Ela geme, excitada, e põe a mão sobre meu braço.

Me inclino mais sobre ela até conseguir sentir sua respiração contra meu rosto e a beijo, sentindo o gosto do vinho branco em sua boca, e ali ficamos por algum tempo. Ela se contorce e, prestes a atingir o clímax, deita sua cabeça contra meu peito.

Fico extasiado com o que acaba de acontecer. Sinto ainda mais vontade de tê-la, e ela parece perceber, pois me empurra contra a cerâmica e me beija o corpo inteiro, se demorando um pouco mais em minha virilha e em meu sexo, rígido.

Ela então me monta e transamos no chão. Prestes a atingir o ápice novamente, ela me puxa para si e enterra uma mão em meu cabelo e a outra nas minhas costas. Terminamos juntos e ficamos algum tempo ali, recobrando o fôlego.

— Que experiência... — ela diz.

Repetimos a dose algum tempo depois, desta vez na cama de Rebeca, e acabamos dormindo juntos.

Ela tenta me convencer a ir à praia com ela na manhã seguinte, mas prefiro marcar para uma próxima. Faço um café e dois sanduíches para nós dois e ela decide me levar para casa, apesar de meus protestos contra.

Passamos uma manhã agradabilíssima juntos e trocamos telefones.

— Não acredito que tô fazendo isso — ela diz.

— O quê?

— Isso.

— Você é muito descrente — respondo.

Rebeca me leva em sua moto até em casa e me despeço com um beijo que a deixa ruborizada. Ela olha ao redor, envergonhada.

— Foi um prazer — digo, e ela ri.

14

VAI RENDER

escrita por Arthur Braganti e Letícia Novaes
interpretada por Letrux

A semana de São João finalmente chega, e com ela, uma notícia que faz minha espinha gelar.

— A Rose tá de volta — diz Marília na terça-feira à noite, quando passa em meu apartamento depois do expediente. — O Mário me contou... vai ficar pouco tempo, porque vai voltar pra Portugal. Parece que vai passar um mês por aqui.

— Bom pra ela — digo, tentando fingir indiferença.

Pouco tempo depois da saída de Marília respondo uma mensagem de Rebeca, aceitando seu convite para ir à sua casa em Gravatá.

Na manhã seguinte, depois de uma noite inteira chovendo, o tempo dá uma trégua e ela me busca para viajarmos.

— Você vai aguentar pilotar daqui até lá? — pergunto.

— A gente vai fazer umas paradas no caminho. Você pilota? — ela pergunta.

— Sou habilitado, mas não tenho tanta prática — respondo.

— Vai ter hoje.

Algumas horas de estrada e várias paradas depois, nos revezando na moto, finalmente chegamos e custo a me adaptar ao frio.

A casa de Rebeca, herdada do pai, é enorme e espaçosa e foi preparada por uma funcionária da cidade, que faz a manutenção de tempos em tempos para nos receber.

— Já pensei em me mudar pra cá algumas vezes... mas eu prefiro ficar numa região mais movimentada — diz.

— Posso fazer uma pergunta? — indago, enquanto esquento uma água no fogão para passar um café. — A título de curiosidade.

— Já perguntou...

— Como é... tipo... namorar aos cinquenta?

Me sinto um imbecil pela pergunta, mas ela não parece se ofender.

— Não é lá muito fácil... mas tem muito cinquentão divorciado por aí. Basta conhecer as pessoas certas pra ser apresentada às pessoas certas — responde.

— Interessante.

— Pessoas mais velhas tem mais experiência... então tem toda uma coisa de você se envolver não com as pessoas, mas com as histórias dessas pessoas também. O sexo é bem mecânico em algumas situações... Às vezes é fácil entender por que é que alguns dos casamentos acabaram. Coisa triste é um homem não saber dar prazer a uma mulher...

— E eu sei? — pergunto, e ela se diverte.

— Você é talentosíssimo nessa matéria — ela retruca, encostando-se na bancada enquanto ponho o pó no coador. — As gerações mais novas se abrem mais pro conhecimento... pelo menos uma parte. O envolvimento com rapazes mais novos não necessariamente implica num envolvimento com uma mentalidade infantil hoje. São mentes mais frescas, corpos mais frescos...

— Você já se envolveu com muitos rapazes?

— Eu até ensaiei me deixar levar por alguns... mas você foi o primeiro.

— Que honra — digo, sorrindo, e passo o café.

Passamos uma semana agradabilíssima juntos. Nos conhecemos melhor, e Rebeca conta mais sobre seu casamento e sobre a relação com o filho.

Vamos a alguns dos shows públicos em algumas noites. Nas que não vamos, é possível ouvir a música de longe.

— Não se vive sem música — Rebeca diz.

Converso com Bebeto por vídeo todas as noites. Ele viajou junto a Raquel, Cássio e a família dele, e me bate uma pontada de ciúmes toda vez que preciso falar com eles para conversar com meu filho. Melhorei bastante no trato com eles, mas eu definitivamente ainda não sou a pessoa que lidou bem com um término traumático.

Você deve estar dizendo "supera!", mas não dá. Ainda não.

Rebeca e eu lemos juntos, assistimos às novelas e fazemos sexo de maneiras curiosas às quais eu ainda não tinha sido apresentado. Foram algumas descobertas.

Ela aproveita para me revelar um lado mais radical. Ela conta sobre trilhas de moto, sobre um mochilão que fez, e de história em história, aos poucos se revela uma espécie de viciada em adrenalina que não transparecia anteriormente.

Ela fala sobre paraquedismo, sobre *bungee jumping*, sobre escaladas.

— Eu gosto... me faz sentir viva — ela diz.

— Eu não acho que tenho muito talento pra isso.

— Vou te levar pra fazer uma trilha qualquer dia desses. A gente pode aproveitar o resto das suas férias pra isso.

— Claro! — concordo, e me arrependo logo depois.

Sempre fui um tanto frouxo pra esse tipo de coisa.

15

UMA LOUCA
TEMPESTADE

escrita por Antonio Villeroy e Bebeto Alves
interpretada por Ana Carolina

Quando deixamos a casa de Gravatá já temos destino certo. Rebeca organizou um acampamento com alguns amigos e convidou Fred, Marília e Cláudio, que prontamente aceitaram o convite na falta de uma programação melhor para o feriado.

— Não que eu esteja arrependida, mas eu definitivamente não imaginava que ia ser assim — diz Marília, ao montar a barraca junto com Cláudio.

Estamos no meio do mato. Nove pessoas se enfiando em barracas para enfrentar frio e calor.

Basta Marília, Cláudio e Fred dormirem a primeira noite para acordarem ranzinzas na manhã seguinte decididos a irem embora.

Rebeca consegue convencê-los a fazerem uma trilha até uma cachoeira. Trancamos as coisas no carro, que fica para trás e seguimos por algumas longas dezenas de minutos absolutamente irritadiços.

Quando chegamos perto da queda d'água, os amigos de Rebeca logo vão descendo com cuidado para se banharem na cachoeira enquanto ela simplesmente se despe da roupa, ficando de biquíni e se atirando cachoeira abaixo.

Marília solta um grito de desespero e eu juro que consigo sentir meu coração parar por alguns segundos.

— Puta que pariu! — é Fred que berra, me despertando do transe e me fazendo ir até a ponta do rochedo para olhar para baixo, é quando vejo Rebeca empolgadíssima rindo junto aos amigos lá embaixo.

— Pra mim deu — Marília brada, voltando em direção ao carro e Cláudio e Fred se preparam para acompanhá-la.

Eu realmente estou assustado, e minha disposição entra no negativo.

— Espera — digo. — Me deem uns minutinhos.

Desço pelas pedras e quase escorrego em uma delas no caminho. Ponho os pés na água e me aproximo de Rebeca pela margem. Ela se afasta dos amigos.

— Eu acho que vou voltar — digo.

— Mas a gente nem começou a se divertir ainda!

— Eu tô precisando da minha cama.

Ela sai da água e me agarra para me dar um beijo que eu não recuso. Acabo me molhando inteiro.

— Rebeca... — começo, e vou em frente — eu não sei se isso vai dar certo. Acho que eu sou pacato demais pra você.

Ela ri, e encosta a testa na minha.

— Eu meio que já sabia...

— Você faz umas coisas... eu fico muito admirado, mas tenho medo que você possa passar da conta sem perceber e se colocar em perigo.

— Eu testo meus limites há muito tempo pra saber o que eu aguento e o que eu não aguento, Raul. Mas você definitivamente virou o jogo nesse meio-tempo que a gente se conhece. Tem sido muito bom estar com você.

— Com você também... você é... incrível.

— Mas você não tá preparado pra acompanhar meu ritmo.

— Eu acho que não.

— Você é fofo demais, Raul... e eu realmente acho que tem uma pessoa certa pra você por aí. Não deixa de curtir não... quem sabe você acha pelo caminho?

Esse foi o término mais curioso da minha vida. Rebeca definitivamente é uma mulher única. Se você a conhecesse saberia do que estou falando.

— Posso continuar te vendo? — pergunto.

— Isso é uma proposta pra continuar indo pra cama comigo sem precisar me acompanhar nas minhas aventuras perigosas? — ela pergunta, um sorriso lascivo no canto da boca.

— Talvez.

— É assustador o tanto de camadas que a tua personalidade tem, Raul. Você é apaixonante... e é um belo de um cafajeste escondido atrás dessa aura de bom moço.

— Ai! — brinco, pondo a mão sobre o peito.

— Eu vou adorar ser sua amiga velha e experiente — Rebeca diz.

— Você não é velha — respondo.

— Nem você acredita nisso.

— É muito gostoso estar contigo — digo em seu ouvido.

— Você não tem que ir embora? — ela pergunta.

— Não tenho, uma parte de mim não quer... mas eu vou. Acho que prefiro você numa zona urbana.

Ela gargalha.

Fazemos a caminhada de volta e Rebeca e os amigos pegam as coisas do carro de Fred. Sento no banco do carona quando ele dá a partida para irmos embora e meus olhos não desgrudam dos de Rebeca, que vai ficando cada vez menor à medida que nos afastamos na estrada.

16

EU E A BRISA

escrita por Johnny Alf
interpretada por Caetano Veloso

Parecia inevitável que meus caminhos fossem se cruzar novamente com os de Rose.

Naquela última segunda-feira de férias iniciei o dia indo ao oftalmologista, que aumentou o grau dos meus óculos e aproveitei para levar a armação à ótica e deixar o novo par de olhos encomendado.

Me matriculei na academia para finalmente acabar com o sedentarismo, mas decidi deixar o primeiro treino para o dia seguinte. Parei num restaurante do bairro a aproveitei para almoçar. E então ela chegou.

Tão perto... e tão longe.

Parecia que ela estava procurando por mim quando me avistou, sozinho à mesa, e caminhou em minha direção. Minha boca secou instantaneamente e dei um gole no suco de laranja na expectativa que fosse resolver, mas nada feito.

— Oi, Raul! — me cumprimentou, seu tom de voz controlado e apaziguador. Como eu senti saudade daquela voz.

Me levanto da mesa e pergunto como ela vai, me inclinando para um abraço do qual me arrependi imediatamente pela minha tamanha falta de jeito ao tocá-la novamente.

— Me acompanha? — pergunto.

— Se você não se incomodar...

— De jeito nenhum! — e não era nenhum incômodo, de fato.

Trocamos algumas palavras e ela me conta sobre as palestras que assistiu nas oficinas de Paris e de Dublin, além dos passeios turísticos que fez. Me reservo a fazer apenas alguns comentários pontuais, mas ouço tudo atentamente e muito feliz pelo entusiasmo dela.

Nossos pratos chegam juntos e finalmente começamos a comer. Comemos em silêncio por algum tempo até que eu crio coragem de me redimir pelo que vem me engasgando desde aquela noite em Portugal.

— Desculpa, Rose — eu digo, e sinto como se tirasse um elefante das costas, e noto que as palavras a surpreendem. — Na minha cabeça fazia sentido querer ter você perto de mim e só isso... sem pesar o que isso poderia significar profissionalmente pra você.

Pedir desculpas definitivamente não é o suficiente depois do meu show de infantilidade, mas é o que posso fazer.

— Eu não sei se foi uma surpresa tão grande pra mim a forma como você reagiu a tudo, Raul — ela diz e, pela primeira vez desde que chegou me olha nos olhos. — Você é uma pessoa que sente muita coisa e que tem uma dificuldade muito grande de se comunicar no que diz respeito a falar de si. Você é um excelente comunicador, não me entenda mal... mas a tua cabeça se atropela demais e você se equivoca na hora de se expressar.

Aquelas palavras doeram... não porque ela parecia estar me dando uma lição ou querendo me magoar, mas porque ela soube ler a situação muito melhor que eu, e muito antes de mim.

— Eu não acho que você quis dizer as coisas que disse... porque foram de um egoísmo absurdo. Eu poderia ter relevado, mas eu não queria que parecesse que eu baixaria a cabeça pra um capricho seu porque eu não sou assim.

— Você foi muito importante pra mim... — digo, e as palavras parecem me sufocar. — Você é muito importante pra mim.

— Alguns encontros muito importantes não duram pra sempre, Raul — ela diz, um sorriso tão dolorido que quase soa falso. — Mas a interrupção, ou mesmo o fim do ciclo deles não significa que acaba ali, que não vai recomeçar... ou que é a última chance. As coisas se transformam.

As palavras dela me enchem de esperança. Me dou conta mais uma vez de quanto estou apaixonado por ela.

— E por transformar você quer dizer? — pergunto.

— Não sei... o tempo é que diz.

— Você vai embora mais uma vez, né?

— Vou. Eu vou voltar... — ela olha ao redor — Não consigo ficar longe disso aqui. Da minha terra, da minha música, do meu calor, do trânsito infernal da Zona Norte... De estar no mesmo círculo que você — seus dedos tamborilam sobre a mesa enquanto ela olha para baixo, e então, para mim. — As coisas vão acontecendo. Mas eu tô numa fase importante demais pra deixar passar.

— Fico muito feliz por você — digo.

Ainda que parte de mim esteja dilacerada, a outra reconhece o brilhantismo sedutor de Rose... e o quanto ela merece abraçar tudo isso.

— Obrigada — ela responde.

Bebo o resto do suco e ficamos nos olhando por algum tempo.

— O Fred tá em casa? — ela pergunta.

— Não... só chega mais tarde — respondo.

Se você entendeu a energia desse diálogo, provavelmente tem uma ideia do que acontece a seguir.

Rose e eu fizemos amor repetidamente naquela tarde, com a consciência da despedida que se aproximava, mais definitiva que a anterior. Era como ler uma declaração de quem está te abandonando.

O sol se pôs e a luz entrava pela minha janela incidindo diretamente no corpo nu de Rose sobre a cama, reluzindo contra sua pele negra, macia, cheirosa.

Aquela foi a última vez em que estivemos juntos. Encerramos o ciclo ali, dolorosa e amorosamente. Ou interrompemos, como ela disse.

Rose partiu antes que Fred chegasse, e embarcou rumo à Europa dias depois.

Levei algum tempo para contar a Fred e Marília. Antes, contei a Rebeca, que se revelou uma excelente amiga nos dias que sucederam nosso rompimento e que adorava tomar um café comigo quando possível.

Acabamos nos dando melhor como amigos do que como amantes, e reagimos bem quando o sexo foi esfriando.

Nos meus últimos dias de férias eu peguei os óculos novos, comecei a focar na academia e tinha internalizado que o grande amor da vida podia não estar inteiramente canalizado numa pessoa, mas talvez nos momentos intensos e apaixonantes a serem vividos cada um a seu tempo.

Na verdade, eu desacreditei dessa história de achar uma alma gêmea, pra usar o termo mais piegas. A parte mais racional e desiludida de mim voltou a acreditar que o amor era apenas uma palavra, enquanto a outra adormeceu apegada a acreditar que era um estado de espírito.

Essas duas partes se provariam absolutamente equivocadas algum tempo depois...

parte quatro

RAQUEL

17

RODA VIVA

escrita por Chico Buarque
interpretada por Francisco, el Hombre

Eu realmente não imaginava que aquele dia que se iniciou da maneira mais trivial possível me colocaria frente a frente com a fase mais difícil que já tinha enfrentado em toda minha vida até então.

Eu já estava de volta à redação há algumas semanas no dia em que as coisas começaram a me atropelar. Marília lia a matéria que eu entregaria ao caderno de cultura naquela tarde sobre a renovação dos espaços culturais da cidade do Recife.

— Isso aqui tá excelente! — ela disse.

Meu chefe tinha me dado a liberdade de sugerir e escrever conteúdos para diferentes áreas do jornal depois de ter lido e se agradado do meu conto. Eu vinha ganhando uma enorme credibilidade de uns tempos para cá.

A opinião de Marília é reproduzida por outras pessoas da redação e fica combinada de entrar na edição do dia seguinte.

Sinto o celular vibrar no bolso e o saco para descobrir uma notificação de Rebeca na tela inicial. Ela me convida para tomar um café no dia seguinte depois do expediente e respondo confirmando.

Sem poder contar com a carona de Marília, saio um pouco mais cedo rumo à parada de ônibus, mas o esforço é em vão e acabo pegando o primeiro Piedade/Derby lotado que passa.

Nos fones de ouvido, uma narradora de voz excelente me lê Emma de Jane Austen. Extremamente brega, e absolutamente divertido.

No meio da parada que ônibus faz dentro do shopping, olho pela janela me deparo com algo que eu definitivamente não estava esperando para aquela terça.

Raquel chora copiosamente enquanto espera seu ônibus e parece estar chamando a atenção de outras pessoas, uma vez que praticamente todo mundo está voltado para ela.

Tomado não só de curiosidade, mas de um enorme estranhamento, peço parada ao motorista quando ele se prepara para sair e desço do ônibus.

— Raquel?

— Raul? — ela diz meu nome num susto entre soluços e uma parte de mim fica realmente preocupada.

Eu só tinha visto Raquel desesperada dessa forma uma vez na vida. Foi quando seu pai morreu. Bebeto tinha pouco mais de seis meses de vida e seu Jeremias enfartou. Foi uma fase muito complicada.

Durante muito tempo, ela agiu como um bicho em relação a tudo que tangia nosso filho. Pouquíssimas pessoas podiam nos visitar, ela evitou por muito tempo sair na rua com Bebeto, além das crises de choro que tinha sempre ao final da tarde, e no início da manhã.

Por conhecer Raquel tão bem, eu soube naquele momento que precisava fazer algo por ela.

— Cadê o Bebeto? — perguntei imediatamente, preocupado.

— Na casa... da... minha... mãe — respondeu.

— Posso te tirar daqui? — pergunto.

Ela assente com a cabeça.

Levo-a até um café dentro do shopping e peço dois expressos antes de perguntar o que aconteceu.

— Desculpa por isso — ela diz, olhando para baixo, finalmente obtendo algum sucesso em conseguir controlar o choro.

— Não foi nada — digo.

Ainda é muito estranho tentar estabelecer uma conversa com Raquel. É esquisito vê-la numa posição de tanta fragilidade. Penso em muita coisa, em muitas abordagens, mas opto pelo caminho mais simples.

— Aconteceu alguma coisa, né? — indago, evitando brechas. — Não sei se eu sou a melhor pessoa pra te ouvir ou pra dialogar com você agora, mas acho que você precisa disso.

Ela balança a cabeça e toma o café sem açúcar rapidamente antes de me responder, enxugando o rosto ensopado num guardanapo.

E então... ela me contou.

Contou que tinha um câncer descoberto num estágio avançado. Já fizera biópsia do nódulo e tudo. Era maligno. Passaria por uma cirurgia, e teria de enfrentar várias sessões de quimio.

Contou que não queria morrer. Contou que lhe apavorava a ideia de partir e perder o crescimento de nosso filho.

Ela explicou que soube há pouco mais de uma semana, e tratou de providenciar novos exames sem contar nada a ninguém na esperança de que fosse um engano, mas eles apenas confirmaram tudo. Disse que vinha passando noites em claro pensando nisso. Na noite anterior, sentou com Cássio para contar a ele quando Bebeto já estava dormindo e ele lhe pediu desculpas, pois achava que não seria forte o suficiente para lidar com isso e a abandonou, levando as poucas coisas suas que restavam no apartamento que um dia dividi com ela.

As informações se atropelaram diante de mim e enquanto ela esperava alguma reação, os músculos do meu rosto só ficaram rígidos, imóveis, e eu simplesmente entrei em pânico.

Raquel estava doente, podia morrer... Uma parte muito grande de mim quis gritar. A princípio, não pela situação em si, mas por não ter um pingo de noção sobre como reagir àquilo.

— Você sabe que um câncer não é mais uma sentença de morte, né? Há muito tempo já não é — digo, tentando apoiá-la.

— Não é o meu caso, Raul — ela diz, como um decreto, e percebo que nada que eu diga vai ajudar em qualquer coisa. — Eu vou me preparar pra iniciar os tratamentos, pra tentar ganhar tempo... é o que me resta.

Ela está prestes a chorar novamente, mas faz força para se conter.

— Você vai contar pra a sua mãe? — pergunto.

— Eu vou fazer isso hoje... só não sei como.

— Deixa eu te levar.

— Eu acho que consigo me virar sozinha... tô muito perturbada pra ter medo de qualquer coisa, até mesmo pra cometer qualquer loucura. Essas coisas anestesiam a gente... eu só não sei como reagir. Eu só paro... revejo minha vida toda... penso na minha ausência de futuro... e choro.

— As coisas não precisam ser vistas dessa ótica — digo.

— Você não precisa fazer isso, Raul. Não precisa ter pena de mim. Eu sei muito bem como você se sente em relação a mim — ela diz, uma amargura impressa no rosto, que logo torna a ser uma expressão de dor. — Depois de tudo isso eu tive uma impressão de que eu tinha cegado pra tanta coisa... outro dia eu tava andando pela rua e vi um rapaz pedindo dormindo na rua com um filho pequeno e foi como se meus olhos tivessem aberto de novo. A impressão que me deu foi de que eu tinha deixado de enxergar as coisas e a iminência da morte me trouxe tudo de volta... No início essas coisas chocavam a gente, revoltavam... em outro momento você para num sinal e olha pra baixo pra fingir que não vê.

Não interrompo seu desabafo, e ela prossegue.

— E daí eu passei a me perguntar o que mais que eu deixei de enxergar... e você tá dentro desse balaio... — ela evita me olhar nos olhos — Quando foi que eu deixei de te perceber? De me preocupar o suficiente com você pra não me envolver com alguém que me deslumbrou tanto e me largou no momento mais difícil da minha vida? Que tipo de coisa me cegou?

Ela ergue a cabeça e passa a arranhar sem nenhuma delicadeza com as unhas o *sousplat* fixo da mesa.

— É por isso que eu não tenho intenção nenhuma de que você tenha pena de mim a ponto de agir como se eu não tivesse te magoado do jeito que magoei.

— Eu acho que essa é a hora que eu preciso crescer o suficiente pra passar por cima disso tudo e te dar algum suporte. Você não é uma ex-mulher, Raquel. Você é a mãe do meu filho. Não existe ex-mãe.

Ela me encara por algum tempo, como se tentasse encontrar algo em meu olhar que validasse minhas palavras.

Pouco tempo depois estamos num Uber rumo à casa de Stella. Vai ser a primeira vez em muito tempo que eu a revejo. Raquel e eu fazemos um arranjo.

Bebeto dormirá comigo essa noite para que ela converse com a mãe da maneira que deve, e eu o deixarei na escola para que ela lhe busque amanhã.

Minha cabeça começa a latejar quando começo a analisar o cenário que se desenrola diante de mim.

Chegamos à casa de Stella e ela não esconde a surpresa em me ver ao lado de Raquel, assim como Bebeto parece prestes a explodir de felicidade em me ver chegando com a mãe sem aviso prévio.

Abraço minha ex-sogra e trocamos alguns cumprimentos, enquanto eu penso no desespero que tomará conta desta casa em alguns minutos.

Bebeto volta pronto e Raquel me dá a mochila dele. Peço um novo Uber para casa, mas mudo a rota antes de confirmar.

Saio pela porta com Bebeto e Raquel se despede de nosso filho com um beijo antes de deixar algumas poucas lágrimas rolarem de seu rosto.

— Obrigada — ela me diz, num sussurro.

— Tô às ordens — respondo. — Eu sei que não adianta muito, mas fica bem... e me avisa qualquer coisa.

— Pode deixar.

Entramos no carro e deixo Bebeto jogar em meu celular enquanto olho para as luzes da cidade pela janela e preciso me segurar para não começar a chorar.

Já passa das oito quando saltamos na casa de meu pai e Bebeto se empolga ao se dar conta de que vai visitar o avô.

Ele abre a porta sobressaltado. Feliz por ver o neto, mas percebe meu incômodo e demonstra alguma preocupação. Fico extremamente aliviado de poder bater em sua porta.

Meu pai me faz várias perguntas, mas desiste quando não obtém as respostas.

Peço que ele fique com Bebeto pela noite, e digo que o buscarei para levá-lo à escola no dia seguinte. Ele só assente e me pede para ter cuidado.

— Sua bênção, pai — digo instintivamente ao sair, e as palavras saem com alguma naturalidade.

— Deus te abençoe, meu filho — ele responde num tom de surpresa entre a felicidade e o pavor de me ouvir falar aquilo tão do nada.

Ando pelo bairro iluminado e ligo para Marcelo, o irmão de Fred, para fazer-lhe uma pergunta e obtenho a resposta bastante rápido.

Peço uma nova corrida e passa pela minha cabeça o tanto que a fatura do cartão de crédito vai aumentar no fim do mês.

...

— É o Raul! — respondo, cínico, quando ele pergunta quem é do outro lado do interfone.

Mantenho o motorista esperando para me levar de volta para casa. Não vou demorar.

Cássio abre a porta do apartamento e balbucia algumas palavras antes que meu punho cerrado encontre seu nariz, com força.

Ele recua, assustado, e antes que diga qualquer outra coisa, soco o lado esquerdo de seu rosto. Ele vai ao chão.

— Filho da puta — balbucio, tomado pelo ódio.

Instantes depois estou de volta ao carro na direção de casa.

Fred me segue até o quarto quando passo como um furacão na direção de meu quarto.

— Meu irmão me ligou pra dizer que tu foi lá na casa do Cássio esmurrar ele... que porra foi essa?

Enfio a cara no travesseiro e começo a gritar, deixando o choro que tanto contive sair.

Fred não diz mais nada, só senta na cama ao meu lado e me puxa para um abraço. Eu choro por algum tempo como uma criança em seus braços até reunir forças suficientes para contar tudo o que aconteceu.

— Ele mereceu — é o que ele se limita a responder.

Depois de se certificar que chorei tudo que tinha para chorar, Fred me dá um copo d'água e um remédio para dormir.

Fico ali na cama, com a mesma roupa que saí para trabalhar no fim da manhã, esperando o sono me alcançar. Ele finalmente me alcança, e então eu me entrego.

18

SELVA

escrita por Ana Caetano e Tó Brandileone
interpretada por ANAVITÓRIA

No dia seguinte tomei uma sucessão de decisões que soaram absurdas para muitos dos que me cercavam.

Fred gastou algum tempo enumerando as razões pelas quais voltar ao convívio com Raquel poderia não dar certo, e o quanto isso poderia prejudicar Bebeto caso desse errado, tudo isso somado ao grande monstro da equação: a doença dela.

Eu estava decidido a voltar ao apartamento onde morei pelos anos que passamos juntos, e depois que busquei Bebeto na casa de meu pai e o agradeci pela força, deixei meu filho na escola e fui encontrar com Raquel para sugerir isso.

Tinha ligado rapidamente para meu chefe mais cedo e explicado toda a situação e sua generosidade foi algo que muito me emocionou. Ele me liberou para um home-office de tempo indeterminado contanto que eu desse uma passada na redação algumas vezes por semana para marcar presença e participar de algumas reuniões presencialmente.

Quando chego ao décimo-quinto andar sou tomado de uma angústia irrefreável ao pensar novamente em tudo que pode se desenrolar em alguns meses.

— Como foi com a sua mãe? — pergunto, ao sentar novamente naquele sofá. Sofá este que compramos no último ano de casamento.

— Se agarrou comigo e chorou por pelo menos uma hora, dizendo que ia dar tudo certo, que a gente precisava ter fé e no final das contas nem ela acreditava no que ela tava dizendo... — ela responde, prendendo os cabelos num coque — Enfim... foi uma merda, né.

— Eu quero voltar pra cá, Raquel — digo, de chofre, e ela fica tão surpresa que arregala os olhos para mim e fica muda por algum tempo.

— Que invenção é essa, Raul? — ela indaga, erguendo as duas mãos e levando uma delas à cabeça.

— Eu acho que essa realmente não é uma boa fase pra você ficar sozinha... eu também quero passar mais tempo com o Bebeto... Tu vai precisar de alguém do teu lado agora.

— E eu imaginava uma dezena de pessoas que não fossem você.

142

— Essas coisas acontecem quando a gente menos espera... como diz aquela frase cafona que nunca erra.

Ela ri, mas não responde.

— Como é que tu acha que isso pode dar certo, Raul? A gente não é mais um casal... nem amigo a gente é!

— Isso a gente resolve com o tempo. Eu só não quero que você fique sozinha.

— Tem minha mãe... tem o Bebeto.

— Raquel, eu só preciso que você aceite. Eu quero fazer isso.

— Você é muito humano, Raul... em todos os sentidos da palavra — ela diz, os olhos fixos nos meus. — Depois de toda a merda que aconteceu você ainda tem a capacidade de vir aqui, na minha frente e se oferecer pra fazer um negócio desse...

— Não me dê tanto crédito. Eu não sou lá uma pessoa tão boa assim. Se você entrasse na minha cabeça saberia disso.

— Você só precisa de terapia. Só isso.

...

Eu enfim me mudei de volta ao apartamento e Bebeto não pôde esconder o entusiasmo em ver os pais juntos novamente. Decidimos não contar nada a Bebeto, mas entramos em consenso sobre começar a levá-lo à terapia.

Não vai ser fácil para uma criança de sete anos ver sua mãe perder todo o brilho em tão pouco tempo.

A cirurgia de Raquel correu bem. O nódulo foi removido, mas não seria tudo. Teríamos uma longa jornada pela frente.

Raquel iniciou suas sessões de quimioterapia dali a pouco tempo. Fez algumas sessões regulares no hospital, e então, teve seu intervalo de descanso.

Foi numa manhã de domingo que seus primeiros fios de cabelo caíram. Bebeto ainda dormia quando ela se dirigiu ao banheiro ao acordar para tomar um banho.

Eu fui acordado pelos soluços que ela tentava a todo custo conter, sentada no box do banheiro. Os punhos dela estavam cerrados, guardando os cabelos dentro de si, como uma forma de ainda possuí-los pelo máximo de tempo que ela podia.

Sentei ali e ficamos abraçados por algum tempo, até que ela parasse de chorar.

— Como será que vai ser? — ela perguntou — Com o Bebeto... com tudo?

— Do jeito que tá sendo... a gente vai se adaptando — respondi.

— Eu quis dizer como vai ser quando eu não tiver mais aqui, Raul

— Não vai ser... porque você vai estar.

Precisei de algum esforço para conter o choro que se forçava a vir. Ajudei-a a tomar banho e a pus de volta na cama. Foi então que Raquel pediu para revermos *Bom Sucesso* juntos, e eu assenti.

Iniciamos a maratona enquanto Bebeto tirava seu cochilo da tarde. Enquanto os primeiros capítulos passavam, aproveitei para contar a Raquel sobre como foram as experiências depois dela... sobre a loucura que foi o início da aventura com Pat, sobre Rose... sobre o quanto me apaixonei por ela e estraguei tudo depois, e sobre o espírito livre e apaixonante de Rebeca, que ela teve como conhecer uma semana antes, quando as apresentei.

— Você realmente não perdeu tempo, hein? — ela disse, rindo, deitada no meu peito, os olhos fixos nas cenas da personagem de Grazi Massafera junto aos filhos na novela.

— Eu queria muito me livrar desse estigma de homem solitário e insuportável que vira um peso pros amigos.

— Você nunca vai deixar de ser dramático, né, Raul?

— É o meu jeitinho — respondo, sorrindo.

— Quantos encontros cabem numa vida, hein?

— Anavitória a essa hora?

— Sério... olha o tanto de coisa que aconteceu nesse meio-tempo que a gente ficou separado. É como se tudo tivesse virado do avesso, e desvirado. Mas um monte de coisa ficou fora do lugar.

— Será que a gente já começou a arrumar tudo?

— Não sei.

— Tu sente falta do Cássio? — pergunto.

— Depois de tudo... ele virou um erro de percurso. Eu acho que a gente nunca deve esperar demais de outra pessoa... mas eu achei que quando essa merda toda caiu na minha cabeça eu fosse ter ele do meu lado. E ele foi só um baita de um filho da puta.

— Foi mesmo.

— Engraçado que agora tu tá aqui... de novo. Veio tudo de onde eu menos esperava.

— Que bom que você me deixou voltar.

Bebeto acorda, e Raquel e eu o avisamos que ele irá ao cinema com o avô. Ele está trocando de roupa quando meu pai chega e o recebo na porta.

— Como vão as coisas? — ele pergunta, baixando o tom de voz.

— Poderiam estar melhores...

— E vocês... voltaram?

— Não sei se essa é a melhor definição. A gente meio que tá vivendo como colegas de quarto.

Ele balança a cabeça.

— E o tratamento, como tá?

— Pra ser sincero, não parece que tá surtindo muito efeito não. Mas dizem que leva um tempo... enfim... a gente tá só esperando... e sendo otimista. Ela é quem tá mais desesperada, claro... Não é pra menos.

— Vai dar tudo certo, meu filho — ele diz, e leva a mão até o meu ombro.

Por algum tempo eu relaxo sob o toque da mão de meu pai, e é como se ele me transmitisse algo que poucas vezes senti. Ele vem se mostrando uma pessoa bastante diferente de quem foi na minha infância e adolescência... eu tenho gostado disso.

Quando Raquel traz Bebeto, meu pai a beija na bochecha e eles se cumprimentam sem mencionarem a doença... ele também se vale de outras perguntas para evitar indagar como vão as coisas, ou se ela está bem.

Nos despedimos de nosso filho e quando a porta do elevador se fecha, Raquel me pede um bolo de chocolate.

Vou até a cozinha e faço todos os procedimentos acompanhado pelo olho cirúrgico de Raquel.

Com o bolo no forno, preparo um brigadeiro rápido e o deixo esfriando sobre o fogão. A porta da sala para a varanda está entreaberta e um vento frio do fim da tarde adentra o apartamento. Nos enrolamos num cobertor e voltamos a ver a novela.

— Eu queria que tudo isso fosse que nem na novela... — digo.

— Em que sentido?

— Que tudo isso fosse um erro... e que você recebesse uma ligação dizendo que teu exame foi trocado. Que você não tá doente.

Vejo-a dar um sorriso frio.

— Infelizmente isso não é uma novela, Raul... — ela retruca. — Se fosse, eu seria o Fagundes... e ele morre no final.

19

ÚLTIMA VEZ

escrita por Tim Bernardes
interpretada por Tim Bernardes

Naquela semana eu fui à redação para participar de uma reunião e uma bela surpresa me esperava. Marília estava noiva. E não apenas isso.

Ela e Cláudio se casariam dali a alguns meses. O casamento se daria num hotel em Aldeia, e ela já tinha colocado meu nome e o de Raquel na lista de convidados e separado um quarto para nós dois.

— Convidei a Rebeca também — disse ela. — Espero que você não se importe.

Marília e Rebeca tinham se aproximado bastante nos últimos tempos, fiquei feliz de ver o quanto ela se adaptou bem aos meus amigos.

Marília se encontrou no amor. Foi muito bom saber que ela estava feliz. Pensei em Rose, em como tudo poderia ter dado certo, em como ela ainda mexia comigo, e no quanto eu ainda a amava, mesmo tanto tempo e tanta coisa tendo se passado depois.

Nós nunca mais tínhamos nos falado desde aquela tarde no apartamento de Fred. O máximo que aconteceu foi de continuarmos curtindo os stories um do outro no Instagram.

Quando voltei ao apartamento, me deparei com Stella na cozinha, fritando seus bolinhos de chuva com uma expressão aliviada, mas de quem passou um bom tempo chorando.

— Tudo bem, meu filho? — ela perguntou.

— Tudo tranquilo, graças a Deus! — respondi, encostado na soleira da porta. — E a senhora?

— Poderia estar melhor — ela respondeu, baixinho. — Tem uma surpresa pra você.

Ouço as risadas de Bebeto vindo do quarto e vou devagarinho até lá. Quando chego, me deparo com algo para o qual eu não estava preparado.

Raquel está deitada na cama, com Bebeto ao seu lado, os dois brincando... e ela está com a cabeça raspada. Está linda... diferente. De uma maneira que nunca vi, e nunca imaginei que veria.

— Olha, papai! A mamãe tá careca! — diz Bebeto, rindo, entusiasmado.

— Tô vendo! — digo, e largo a bolsa no chão. — Que novidade é essa? — pergunto.

Ela se ajeita na cama.

— Achei melhor adiantar o processo. Antes das próximas sessões.

— Vocês vão ver um filme? — pergunta Bebeto.

— Nós vamos! Você escolhe! — digo.

Quando me viro, Stella está parada na soleira da porta, tentando disfarçar a expressão angustiada. Bebeto sai para o corredor.

— Eu nem pude me opor — ela diz.

— Ela ficou linda — retruco. — A Marília vai casar! — digo, e ela fica entusiasmada.

— Com o Cláudio?

— Sim! E é daqui uns dois meses e meio! Final de semana num hotel em Aldeia e tudo 0800!

— Preciso arranjar um vestido que combine com meu visual novo!

— Qualquer vestido que seja tão lindo quanto você vai cair bem.

— Será que vai ser bom pra ela? Passar tanto tempo fora de casa? E se tiver uma emergência? — Stella metralha perguntas.

— Mãe, eu não vou morrer. Pelo menos eu espero que nem tão cedo.

Stella começa a chorar e aproveito a proximidade para abraçá-la.

— Tá tudo bem, Stella — digo. — A gente vai se adaptando.

A mãe de Raquel não tardou muito a ir embora, e fizemos algo diferente. Montamos uma barraca na sala e assistimos uma sequência de desenhos junto a Bebeto.

Ele ria, nos abraçava... estava plenamente feliz junto aos dois pais. Raquel parecia ter percebido, tanto que nos entreolhamos uma série de vezes...

Tinham tantas coisas que queríamos dizer um ao outro ali... tanto sentimento guardado.

Ficou tudo no olhar.

Eram pouco mais de oito horas quando Bebeto dormiu e eu o pus na cama.

— Quer ver mais da novela? — Ela perguntou, e eu assenti.

Durante a abertura, que nunca pulávamos, em que Zeca Pagodinho e Tereza Cristina interpretavam "O Sol Nascerá", de Cartola, senti a mão dela mais perto da minha, e tomei a iniciativa de pegá-la, entrelaçando meus dedos nos seus. Nos olhamos mais uma vez, e voltamos a ver a novela.

No dia seguinte, retornei à redação para dar expediente pela manhã e aproveitei para almoçar com Marília.

— Então... casamento! — digo, antes de encher a boca de batata-frita.

— Ele pediu e eu aceitei, com a condição de não passar mais de um ano noiva. Daí ele quis marcar pra perto do final do ano.

— É tudo tão mais fácil quando se é rico...

— E os pais dele tão bancando quase tudo! É o casamento que eu queria, com a pessoa que eu queria, cheio de excessos, e poupando meu bolso!

— É assim que se faz! — respondo, com o mesmo entusiasmo.

— E a Rose?

— Do mesmo jeito que você viu da última vez... com uma novidade... ela tá careca.

— E isso foi algo ruim pra ela ou ela tá tranquila com isso?

— Ela quis fazer isso pra se poupar da queda gradual da quimioterapia.

— Eu pensei que a cirurgia e algumas sessões de quimio fossem resolver.

— Ela vai ver o médico de novo em breve. Ver a quantas anda tudo... Ela tá mais otimista.

— E vocês? — ela pergunta, antes de comer mais uma garfada do *poke*. — Tá rolando?

— Nada. Digamos que somos pais separados criando um filho juntos.

— Enquanto você cuida dela.

— Digamos que sim.

Nos despedimos e eu tomo o ônibus para casa quando chega uma mensagem no meu celular.

Raquel: Não consigo parar de ouvir essa! :)

Ela envia junto o link para uma música de Tim Bernardes chamada "Última Vez". É um conto sobre o reencontro de um ex-casal de amantes que se deparam com a ausência... e ao mesmo tempo a tonelada de sentimentos que existem ali... Eles então, se amam uma última vez...

Aquilo tinha de significar algo.

Sabe eu tento me manter durão pra esquecer
Mas eu sinto sim muita saudade de você...

A letra era categórica. E quase toda falada, não cantada.

Raquel tinha o costume de mandar recados através de músicas quando éramos casados...

O aperto no peito, a risada sincera
E a tímida intimidade de quem já não sabe
Se ainda conhece um ao outro
E a sensação de sentar outra vez nesse
estranho conforto...

Fui para casa com uma esperança no peito... era início de tarde, Bebeto ainda estava na escola e tardaria a ser buscado...

Subi o elevador e quando girei a chave na fechadura me passou pela cabeça a loucura que era ter criado qualquer esperança... as coisas não eram as mesmas. Não mesmo.

Ao entrar no apartamento, as cortinas estavam fechadas, e ela não estava na sala... Chamei por seu nome, não obtive resposta e por um momento me desesperei e me abalei pelo corredor até o quarto e abri a porta. O ar-condicionado imediatamente me causou frio.

Ela estava na beira da cama, enrolada num cobertor. Ela ficou de pé e o deixou cair. Estava nua.

Não precisamos dizer nada, ou pensar em nada... Só nos entrelaçamos, nos amamos. A boca de Raquel, o calor de seu corpo... não havia fraqueza ali... só a força de dois corpos.

E quando acabou... cada um caiu em si.

Por notar que nós dois já passamos por tudo,
E no fundo, no fundo
Não sobrou mais nada pra gente...

Tomamos banho juntos, rindo de tudo que acontecera previamente. Ajudei-a a se acomodar novamente na cama e beijei sua testa. Ela se virou para tirar um cochilo.

Na sala, sozinho, refleti sobre tudo. Olhei para o relógio e peguei as chaves para ir buscar Bebeto.

Tim Bernardes realmente tinha razão quando disse:

Pois pra nós já passou até a despedida
Porque a gente sabe, e talvez sempre soube
Que só separados achamos saída...

Ouvi a música novamente nos fones de ouvido a caminho da escola.

É que às vezes se escolhe entre amor e alegria
na vida...

20

NÃO NEGUE TERNURA

escrita por Zé Manoel e Luedji Luna
interpretada por Zé Manoel e Luedji Luna

Foi quando as coisas começaram a piorar que o chão de todo mundo saiu do lugar.

Alguns avanços positivos aconteceram no tratamento de quimioterapia, para tudo cair por terra com a notícia do agravamento do quadro dois meses depois.

Eu estava em pânico.

Raquel ficou bastante debilitada nas semanas seguintes, e Bebeto começou a perceber que as coisas não eram uma mera brincadeira. Coube a mim a conversa com ele sobre cuidar da saúde da mamãe. Foi uma luta segurar o choro. Ele não entendeu tão bem a princípio... e eu preferi deixar que a terapeuta ajudasse.

Vivíamos cada vez mais juntos e até meio que isolados dentro do apartamento. Stella e meu pai faziam visitas regulares, e meu avô participava de algumas delas. Foi uma surpresa quando meu pai começou a fazer perguntas sobre a mãe de Raquel, demonstrando algum interesse nela.

Fred, Cláudio e Marília nos visitaram algumas vezes. E eu também trouxe Rebeca para conhecer Raquel, e não foi surpresa que elas se deram muito bem.

Numa noite, enquanto assistíamos a Bom Sucesso no quarto, ela simplesmente soltou:

— Eu conversei com a Rebeca e a gente acha que você devia tentar voltar com a Rose.

— Do nada?

— Raul... não é segredo pra ninguém que eu não vou durar muito. Infelizmente você e a Rebeca não tem futuro, mas você ainda ama essa Rose... e eu sinceramente acho que você definitivamente não é o tipo de homem que vai conseguir sobreviver sozinho.

— Quando a gente se separou eu passei um tempão me virando sozinho!

— Com o Fred de babá.

— Talvez eu peça pro Fred me adotar — digo.

— É mais fácil ele querer casar com você.

Nós dois rimos.

— Vai que eu aceite?

— Eu ia ficar tranquila.

— Tu vem com cada uma...

Ela pausa a novela e se vira para mim, uma expressão demasiadamente séria no rosto pálido.

— Eu tô falando sério, Raul. Eu não sei mais quanto tempo eu tenho ou se eu ainda tenho algum tempo... você tá perdendo tempo da tua vida que não vai voltar nunca aqui cuidando de mim... e tudo em vão.

— Pode parar de falar isso? Eu tô fazendo porque eu quero. Você também não tem culpa desse monte de merda que caiu na cabeça da gente.

— Aí é que tá, Raul! Não é DA GENTE! É da minha! E tá me doendo demais ver você e minha mãe anulando as vidas de vocês pra cuidar de mim. Isso tá me matando mais do que essa doença!

— Você tá colocando um peso muito maior nessa decisão do que o que ela realmente tem.

— Não cabe a você dizer isso.

— Claro que cabe. A decisão foi minha.

— Mas quem vai morrer sou eu.

Cerro os punhos até sentir minha unha cortar a palma da minha mão. Levanto e me dirijo até o banheiro do quarto, batendo a porta atrás de mim.

Reprimo um grito para não acordar Bebeto. Ao invés disso, sento no chão do banheiro e abro mais o corte da palma, mordendo o lábio com força para evitar o grunhido de dor.

Quando o arranhão vermelho começa a gotejar sangue sinto algum alívio no arder da palma.

Raquel vai morrer, penso. E fico muito, muito, muito, muito puto.

...

Enfim chega o final de semana do casamento de Cláudio e Marília e, mesmo sem conversarmos sobre isso, decidimos fazer uma trégua sobre a nossa ausência de diálogo dos últimos dias.

Raquel vinha recusando com teimosia minha ajuda para tomar banho, envergonhada de sua magreza, das manchas e inchaços na pele, os quais eu já havia reiterado diversas vezes que em nada me incomodavam... apenas me angustiavam.

Eu vinha conseguindo com algum sucesso esconder as marcas que fazia em pontos estratégicos em meu corpo. As palmas da mão arranhadas... a vermelhidão no interior de meus braços...

Peço que não me julgue pelo que contarei a seguir... creio que já tenha deixado claro diversas vezes que não pretendo ser exemplo para ninguém nestes relatos... mas encontrei alívio na dor fina que senti ao cutucar minha cintura com a ponta de uma tesoura alguns dias atrás. Levou algum tempo para estancar o sangue.

Mas foi ali que percebi que estava prestes a cruzar uma linha da qual talvez não conseguisse voltar... não sem muito esforço. Então me contive.

Stella e eu tivemos de brigar com Raquel para que ela aceitasse ir ao casamento numa cadeira de rodas, mas a vencemos pelo cansaço.

A viagem até o hotel foi silenciosa.

Fizemos o check-in no fim da manhã e Rebeca e Marília logo vieram buscá-la para fazer uma maquiagem e um penteado. Demorou algum tempo até que Pat a trouxesse de volta e me desse a agradável e constrangedora surpresa de revê-la.

— A cerimônia já vai começar — ela diz.

— A gente já tá indo! — respondo, e percebo que Raquel sentiu o clima que ficou no ar por nossa troca de olhares.

Stella e meu pai chegam pouco depois, junto a Bebeto. Os três iriam fazer alguns programas juntos no final de semana. Meu pai e a mãe de Raquel estavam avançando na paquera. Passo algum tempo conversando com Marcelo, o irmão de Fred. Ele aproveita para me fazer todas as perguntas sobre Raquel que seriam indelicadas demais para fazer diretamente a ela.

Percebo que Rebeca o encara com o olhar e não consigo deixar de rir. Marcelo definitivamente é o tipo de homem que atrairia qualquer mulher que quisesse.

A cerimonialista pede que todos se posicionem, e o casamento começa.

Fred, Mário e eu somos os padrinhos, enquanto Pat, Raquel e Rebeca são as madrinhas. Seria cômico se não fosse absolutamente constrangedor encarar aquelas três mulheres com quem eu tinha dormido num intervalo relativamente curto de tempo. Marília fizera de propósito... e Cláudio devia ter achado um barato. Talvez eu não fosse tão moderno assim.

A cerimônia não foi tão longa, felizmente. Marília fizera questão de deixar claro que tinha muito mais interesse na festa do que na cerimônia. Ela trajava um lindo vestido branco, curto, repleto de rendas e pequenas pedrinhas brilhantes. Estava encantadora.

Cláudio não ficava atrás. Os cabelos loiros bem-arranjados e os olhos azuis eram irresistíveis no smoking azul que ele vestia.

Tiramos as fotos e meus pais e Bebeto logo partiram para evitar a estrada noturna.

A variedade de champagnes, vinhos, cervejas, destilados, canapés e os próprios guardanapos deixavam claro que os pais de Cláudio não tinham economizado no casamento. Era uma festa para ninguém botar defeito.

Fred tira Raquel para dançar uma música lenta e Rebeca faz o mesmo comigo e ficamos em lados opostos da pista.

— Eu ainda não achei a forma certa de lidar com isso — digo a Rebeca, a mão na cintura dela, nossos olhos se encarando.

— Dificilmente você vai achar, Raul. Não tem manual pra isso não. O mais importante... e vai soar até meio escroto... é você passar a segurança, por mais falsa que seja... de que você tá dando conta de tudo. E vai continuar dando.

— Eu acho que já deu pra perceber que não vai rolar, né?

Ela ri. Quando a música muda, Fred vem tomar Rebeca para dançar, e aproveito a oportunidade para fazer o mesmo com Raquel.

— Quer dizer que vocês são o par do outro hoje? — pergunto a Fred, rindo.

— Eu bem que queria, mas ele não tira o olho do carinha amigo do Cláudio desde que essa festa começou — retruca Rebeca.

— E quem disse que na minha cama não tem espaço pros dois? — Fred responde.

— Eu amo como vocês vão do oito ao oitenta em segundos — diz Raquel.

Fred e Rebeca vão dançar a música lenta e Raquel deita a cabeça em meu ombro, descansando o peso de seu corpo tão frágil sobre o meu.

Se lhe faltar palavra
Me chama pra dançar
Nosso corpo é que guarda, tanta coisa a falar
O que tua boca cala
Meu coração escuta e dita em silêncio...

— Você vai deixar de amar quando eu me for? — ela pergunta.

— Essa foi dramática até pra você... — respondo.

— Eu tô falando sério, Raul...

— Esses amores que atropelam a gente como um trator e marcam cada osso, cada músculo, cada artéria, cada veia da gente não se esquecem, Raquel.

— Eu te amo.

— Também te amo.

Não ficamos até tão tarde aproveitando a festa. Raquel logo ficou mais fraca e dormimos abraçados, ainda com as roupas da festa.

Logo que chegamos, no domingo à noite, Raquel precisou ser internada às pressas.

O desespero de Stella no hospital era tamanho que nem com o pedido dos médicos ela deixou o quarto da filha.

Bebeto tinha pedido muito para ver a mãe, e por toda a situação, que não era lá muito favorável, segundo os médicos, resolvemos pedir que meu pai do trouxesse.

Ele ficou deitado na cama com ela por algumas horas, contando sobre as aventuras do final de semana com o vovô e a vovó... e aproveitou a ausência de Stella para beber uma água para nos contar que tinha visto os dois trocarem um beijo, e pediu segredo. Raquel e eu rimos e juramos.

Bebeto foi embora algum tempo depois, mas antes que ele fosse, Raquel o abraçou com toda a força que pôde reunir.

— Você é a melhor coisa da minha vida — ela disse a ele, olhando-o nos olhos. As lágrimas escorrendo pelo rosto.

— Te amo, mamãe. Você precisa voltar pra casa logo pra a gente assistir Tarzan de novo.

— Mamãe não vai demorar, filho.

Ele a beijou na testa e entreguei-o a meu pai, que o levou para casa, e eu voltei ao quarto, me sentando na cadeira ao lado da cama dela.

— A gente fez uma coisa linda, né? — ela disse

— Eu diria preciosa!

Algum tempo de silêncio se passou.

— Eu tô cansada, Raul.

— Descansa, então. Amanhã você deve acordar melhor.

— Eu te amo — ela disse.

— Eu também — respondi.

Aquela foi a última vez que pude ouvir aquelas palavras da boca de Raquel.

parte cinco

21

UM DIA DE SOL

escrita por Serginho Moah
interpretada por Papas da Língua

Aquela noite ainda ecoa na minha cabeça dia e noite, como um pesadelo do qual eu não acordei... e não vou conseguir acordar jamais.

Stella e eu dormíamos nas poltronas do quarto de hospital quando fomos acordados pelas máquinas que começaram a disparar no meio da madrugada. Os médicos logo apareceram e não responderam às nossas perguntas desesperadas. Apenas gritavam "Afasta!" e tentavam reanimar o corpo já sem vida de Raquel naquela cama.

Stella caiu ao chão em posição fetal, chorando. Eu não consegui apará-la, consolá-la. A deixei ali.

Apenas saí andando pelo corredor, balbuciando palavras que não faziam sentido, e que pouco a pouco se tornaram apenas sílabas, lavadas pelo meu choro.

Eu cheguei, enfim, à porta de saída do hospital. E ali libertei um grito gutural de minhas entranhas, que fez doerem instantaneamente minhas cordas vocais, que levou o resto de energia que meu corpo tinha, que me reduziu à matéria que eu era. E então eu desmaiei.

Quando acordei, lá estava Fred, dormindo na poltrona ao lado da minha cama. Ao levantar a vista, vi o soro que entrava em meu corpo através do acesso em minha veia. Reuni forças para perguntar a meu amigo se tudo não tinha passado de um sonho, e com o silêncio dele, me pus a chorar novamente. Ele então levantou da poltrona e me deixou chorar em seus braços, como já tinha feito tantas vezes.

Cláudio entrou pela porta instantes depois, trazendo um copo de café para Fred.

— O que é que tu tá fazendo aqui? — perguntei — E a lua-de-mel?

— Você é mais importante que uma viagem — ele disse, e me senti muito grato por meus amigos naquele momento.

— E a Marília?

— Ela e a Rebeca tão com a dona Stella. Seu pai vem depois que deixar o Bebeto na escola.

Bebeto. Meu filho, que agora não tinha mais sua mãe presente. Como é que eu ia contar?

— Que merda — eu disse.

As horas seguintes foram piores. Os trâmites de liberação de corpo para funerária, arranjar um enterro, arranjar um velório... vê-la novamente ali... inerte, como se estivesse dormindo...

Acabou que Marília e Rebeca tomaram a frente de muita coisa, auxiliadas por meu pai. Passei parte do dia ao lado de Stella. Nós dois em silêncio. Juntos no luto.

À noite, voltei para casa com o eco de Raquel em cada parede daquele lugar. Meus amigos foram comigo, assim como Stella e meu pai. Meu avô me ligou e passou algum tempo no telefone tentando me consolar, meio sem jeito... falou de quando perdeu minha avó e eu só queria ficar sozinho.

Quando Bebeto chegou, fomos até o quarto dele e, da melhor maneira que pude, sentado no chão ao lado dele, contei que sua mãe não voltaria mais para nós. Levou menos do que eu esperava para que ele entendesse tudo e prendesse os braços em volta do meu pescoço, soluçando sem parar, devastado porque não poderia mais rir da mãe, que chorava copiosamente todas as vezes dezenas em que viam Tarzan. Eu também não terminaria de rever Bom Sucesso ao lado dela.

Chorei junto com ele, mais baixo, como quem tenta passar segurança. Era o que eu era e deveria ser para ele a partir dali. Segurança.

— Eu te amo, meu pequeno — sussurrei para ele.

Eu só queria tê-lo comigo pelo máximo de tempo possível.

Ele dormiu abraçado comigo em minha cama, e minha cabeça vagou madrugada adentro, apagando apenas depois que Fred me forçou a tomar um remédio.

Cláudio, Marília e Rebeca cuidaram do resto dos trâmites, enquanto meu pai levou Stella para sua casa. Fred dormiu no chão do meu quarto.

...

Todos concordamos que Bebeto não deveria ir ao enterro, então o levamos até a casa de meu avô antes de irmos ao cemitério.

Com os olhos marejados, seu Vladimir me abraçou e me deu um beijo na testa, e sem dizer nada, entrou com Bebeto.

No cemitério, o clima foi o pior. Me irritava aquele velório longo, o prolongamento da dor de tê-la morta ali entre nós... mas também o prolongamento dela entre nós. Fiz questão de rezar o terço, me valendo de toda a memória de meu catolicismo de juventude... mesmo naquele momento em que achei que Deus não tinha estado ao meu lado... eu quis que Ele estivesse.

A fé tem dessas coisas, né?

Cássio chegou na metade do velório, e eu fiz questão de mandar que Fred e Cláudio o expulsassem antes que eu o matasse ali mesmo. Se ele não quis estar com ela quando ela precisou, as desculpas e lamentações dele só serviriam para me provocar mais ódio ali.

Ele então, foi embora sob protestos soluçados. Tive pena dele, mas ele não teve nem pena de Raquel quando ela precisou dele.

Meu pai pediu para que Bebeto ficasse com ele e Stella por um tempo, e Fred fez questão de se mudar para ficar algum tempo comigo. Tentei rejeitar, mas estava aéreo demais para contestar qualquer coisa. Ele ficaria no quarto de Bebeto.

Naquela madrugada, eu tranquei a porta do quarto e fui até o banheiro, me despindo de minha roupa. Me olhei no espelho por algum tempo e busquei pela tesourinha de unha na gaveta. Segurei-a forte por algum tempo antes de fincá-la novamente no corte que estava sarado.

Quando o sangue começou a escorrer por minha perna, enxaguei a ponta da tesoura na pia e pressionei um monte de papel higiênico contra o corte. O sangue começava a secar nos pelos de minha perna e precisei lavá-la antes de vestir a cueca e enfiar uma gaze dentro dela para impedir que o sangue a sujasse.

De volta ao quarto, destranquei a porta, deitei na cama, e dormi até o início da noite do dia seguinte.

Logo que acordei, puxei o celular e tinha uma notificação curiosa na tela de bloqueio.

Mãe: Fiquei sabendo do que aconteceu, meu amor. Sinto muito. Sei que estas palavras não ajudam a estancar a dor que você está sentindo. Se quiser fugir de tudo, ficar algum tempo sozinho... pode vir para cá. Creio que vai

lhe fazer bem uma mudança de ares junto a Bebeto. Só não parto imediatamente para o Brasil porque o emprego de Pierre não o libera, e não posso deixá-lo sozinho. Sabe como é, não é?

Espero que você fique bem.

Beijo,

Sua mãe.

Ignoro-a, me viro na cama e torno a dormir.

22

NIGHT CHANGES

escrita por Jamie Scott, Julian Bunetta, John Ryan,
Harry Styles, Liam Payne, Louis Tomlinson, Zayn Malik
e Niall Horan
interpretada por One Direction

As semanas seguintes foram de uma adaptação dolorosa sem Raquel. Meu chefe me deu uma licença por tempo indeterminado do jornal, e lhe agradeci absurdamente.

Bebeto vinha passando mais tempo comigo, mas meu pai fazia questão de passar pelo menos metade da semana com o neto, uma vez que Stella tinha se mudado para a casa dele depois de muita insistência.

Foram dias empacotando coisas, guardando coisas, rememorando coisas... Tudo parecia contribuir para a sensação de vazio que ecoava pelas paredes.

Durante uma arrumação pelas gavetas do quarto, encontrei um CD numa caixinha azul com uma folha de sulfite cortada no lugar da capa que dizia "*Para Raul*".

Logo abri e procurei o aparelho de som para ouvi-lo na expectativa de que contivesse algo... e realmente tinha.

Um chiado começou a sair do caixa de som e dava para ouvir o barulho de alguns carros passando... como quando estou na varanda do apartamento. Parece um áudio de WhatsApp reproduzido num aparelho de som.

E então... a voz de Raquel.

"*Se você tá ouvindo isso aqui é porque eu deixei você encontrar... e se eu te deixei encontrar isso aqui... a gente chegou onde não queria que isso chegasse. Aqui não tem nenhuma revelação, nenhuma reviravolta de novela... só tem um monte de músicas que me fazem lembrar você, lembrar da gente... do nosso filho. Eu te amo, Raul. Obrigada por tanto. Tanto que eu nem merecia... Os últimos tempos ao seu lado foram da maneira mais carinhosa possível e eu só tenho a te agradecer. Vou até citar One Direction pra deixar isso aqui mais brega... lembra daquela letra deles sobre enlouquecer pela forma rápida como a noite muda? A vida tentou enlouquecer a gente, né? Enfim... já me alonguei demais. Aí vão as músicas.*"

E então a voz dela simplesmente se vai... e meu coração fica minúsculo novamente. Começa uma sequência de músicas escolhidas a dedo por ela.

Vai de One Direction a Caetano, Pitty, Rubel... eu simplesmente me sento no chão e ouço as pouco mais de catorze músicas do CD ininterruptamente desejando que a voz dela reapareça e fale comigo de novo, mas depois que a interpretação de Anavitória de "Preciso Me Encontrar" do Cartola termina... só o silêncio.

> *Deixe-me ir, preciso andar*
> *Vou por aí a procurar*
> *Rir pra não chorar...*

...

Fred e Marília chegam para me visitar pouco depois das seis, e avisam que vão ficar o fim de semana. Critico Marília mais uma vez por ter aberto mão de sua lua-de-mel para passar os dias me consolando.

Eles me fazem sentar no chão da sala, e fico entre os dois. Me convencem a beber uma taça de vinho e não recuso a anestesia que o álcool pode proporcionar.

— Eu não ia ter condições de viajar depois de tudo isso, Raul... Minha cabeça ia estar em você o tempo todo. Se não em você, nela — ela diz.

— Eu amo vocês — falo, e deito a cabeça no ombro de Marília, enquanto Fred faz o mesmo no meu.

Fecho os olhos e fico ali por algum tempo. Deixo minha mente se perder.

Eles não mereciam precisar parar as vidas por mim, mas ainda assim o fizeram. Naquele momento pus o amor por eles e por meu filho na balança... talvez fosse a hora de parar de me cortar.

— Você aceita ficar bêbado com a gente? — Fred pergunta.

— Acho que tô precisando disso — respondo.

23

DESSA VEZ

escrita por Alexandre Silveira de Castilho, André Aquino,
Juliano Cortuah e Victor Pozas
interpretada por Sandy e Junior

A surpresa maior veio no mês seguinte, na forma de um e-mail de Mário me dando os sentimentos pela perda, e contando que a revista tinha planos de editar seu primeiro romance.

Ele pedia desculpas por incomodar, mas perguntou se eu não teria nenhum esboço de algum material que desejasse publicar, ou se não estava pensando em desenvolver algum projeto. A princípio, eu realmente me interessei pela ideia de escrever um romance, mas caí em mim rapidamente e declinei a proposta com o máximo de educação que pude.

Mais uma vez recebo uma mensagem de meu pai, se oferecendo para passar um tempo comigo, ou que me mude com Bebeto por tempo indeterminado para a casa dele.

É muito esquisito o quanto ficamos próximos nos últimos tempos. É como se ele tivesse se tornado uma pessoa completamente diferente. Gostei bastante disso. Era exatamente do que eu precisava.

Rebeca me liga à tarde para perguntar como vão as coisas e conto sobre a oferta de Mário e minha recusa em escrever o romance. Não tardou muito para que ela aparecesse com Fred e Marília para me convencerem do contrário.

— Raul, você viu o sucesso que o teu conto fez... uma oportunidade dessas não é de se jogar fora! — disse Fred, jogado no sofá, alterado. — É absurdo que você tenha dito não pra isso!

— Eu não tenho disposição pra escrever um romance agora, gente! — digo. — Não é como se tivesse sido algo natural. É uma encomenda. Eu não tenho nada pronto!

— Faz o que você faz de melhor então! — diz Marília.

— Que seria? — pergunto.

— Contar histórias que já aconteceram! É o teu maior talento... as suas matérias sempre fizeram o maior sucesso! — ela responde.

— Tipo um romance histórico? Uma romantização de alguma matéria? Acho que não se encaixa na proposta do Mário.

— Acho que ela quer dizer que você tinha que contar a sua história — Rebeca se pronuncia, vindo da cozinha com uma xícara de café na mão.

Começo a rir, achando graça.

— Que história, Rebeca? Que sandice é essa?

— Acho que esse ano te deu material suficiente pra escrever um livro de memórias... — diz Fred.

— Isso é ridículo. Nem faz sentido. Quem é que quer ler isso?

— As mesmas pessoas que quiseram ler sobre a tua separação — Rebeca retruca.

— Dá uma floreada... romanceia. Acho que talvez seja uma boa maneira de botar tudo que tá na tua cabeça pra fora. Faz como um exercício. Se o Mário não se agradar, ou se você achar ruim... não precisa seguir adiante. Mas acho que você não devia simplesmente cagar pra essa possibilidade — Marília puxa uma cadeira e senta à minha frente. — Só tenta.

Fico calado por algum tempo, a cabeça baixa. Consigo sentir os olhares dos três direcionados a mim.

— Acho que posso tentar — respondo, e os três sorriem ao mesmo tempo.

Desço com os três e, depois de despachá-los, vou ao supermercado do bairro comprar as coisas que faltam nos armários. Tenho sido bem desleixado em relação à casa desde que tudo aconteceu. Aproveito para comprar três garrafas de vinho e na saída do mercado, cheio de sacolas, atravesso a rua e compro uma carteira de cigarros numa barraquinha. Raquel definitivamente fumaria um cigarro se estivesse no meu lugar.

De volta ao apartamento, faço uma ligação de vídeo para meu pai e passo alguns vários minutos conversando com Bebeto, que se despede para ler um livro com a avó.

Conto a meu pai sobre a proposta do livro e ele enumera diversas razões pelas quais eu deveria aceitar. Agradeço, e pela primeira vez em muito tempo, digo que o amo.

Percebo que ele engasga rapidamente ao ouvir. Num tom de voz grave e baixo, ele retruca, e percebo que ele está tentando engolir um choro. Nos despedimos e preparo um sanduíche rápido, que como com uma xícara grande cheia do café que Rebeca deixou na garrafa térmica.

Na prateleira de discos, escolho o vinil do último álbum de estúdio de Sandy & Junior. A dupla era uma paixão que Raquel e eu tínhamos em comum. Quando nos separamos, fiquei com os CDs, e ela com os discos. Compramos todos os relançamentos depois da turnê comemorativa de 2019. O show de estreia da turnê foi um dos momentos mais incríveis que tivemos juntos.

Tiro o LP laranja da luva e o posiciono no toca-discos. Ele começa a girar... um chiado... e os primeiros acordes de "Estranho Jeito de Amar"...

Se eu tivesse me lembrado da letra dessa música definitivamente não teria colocado o disco.

Ligo o computador sobre a mesinha da sala e abro uma das garrafas de vinho, enchendo uma taça até a boca.

Abro a carteira de cigarros e posiciono um entre os lábios, acendendo um fósforo. Levo algum tempo com o fósforo queimando próximo do cigarro antes de realmente acendê-lo. Meus pulmões parecem se desesperar na primeira tragada e tusso seguidamente por alguns segundos antes de conseguir puxar o ar novamente.

Começo a rir de meu amadorismo, e então dou outra tragada. Ainda tusso, sem o mesmo desespero.

Não é pra mim. Apago o cigarro na xícara de café vazia e o deixo ali.

Começo a beber do vinho e fico observando a rua pela varanda do apartamento por tanto tempo que as três primeiras músicas se passam. É quando alguns barulhos ambientes começam a sair do aparelho de som e minha música favorita do álbum se inicia. Uma série de instrumentos, uma bateria... e a voz de Junior.

Livre, sem olhar pra trás
Mergulhei sem ver
Tarde demais
Pra respirar...

Começo a cantar junto e sento na frente do computador. O cursor pisca sobre a página em branco à minha frente.

"Acho que talvez seja uma boa maneira de botar tudo que tá na tua cabeça pra fora. Faz como um exercício". As palavras de Marília ecoam na minha cabeça. Começo a escrever sobre o agora, e soa

extremamente melancólico e deprimente. Volto alguns parágrafos e ponho um aviso para pessoas que se irritam facilmente com desabafos. Será que começar um romance dessa forma é o ideal?

Talvez eu esteja começando a ficar prolixo. Escrevo o resto rapidamente tentando mudar o tom das linhas anteriores.

Penso em como contar o que quero contar... E então a estrutura do livro me vem à cabeça. Digito *"Parte Um"*.

Começo a rir. Acho que o romance começa a surgir.

Me vi nos loucos
Tão normais
Nos mais sensíveis animais
Às vezes perco a intenção
De te esquecer
Dessa vez...

24

VIVA

escrita por Rafael Costa
interpretada por Zimbra

Convido Mário para vir ao apartamento ler as primeiras páginas do romance, que batizei de "Muito Romântico".

Ele passa cerca de uma hora lendo o amontoado de folhas de ofício que imprimi, concentrado, parando apenas para beber do café do qual se serve três vezes.

— Esse é o projeto que a gente tava procurando — ele diz. — É exatamente isso, Raul. Você acha que consegue entregar o resto em quanto tempo?

— Três meses? Talvez quatro?

— Você tem seis meses — ele diz. — Eu vou providenciar o contrato e o adiantamento pro projeto.

Fico bastante empolgado com a aventura.

— Você não faz ideia do potencial que tem, Raul.

— Obrigado — respondo.

— Me manda um e-mail com essas páginas. Preciso apresentar pro resto do pessoal.

— Envio sim!

Ele me dá um abraço e deixa o apartamento. Envio o e-mail e passo mais algum tempo tentando escrever mais páginas até meu pai chegar, acompanhado de Bebeto, meu avô, Stella, Fred, Marília, Cláudio e Rebeca. O apartamento fica pequeno com o tanto de gente amontoada nele. Mário já tinha contado a Marília sobre o contrato.

Confidencio a Marília que pretendo me desligar do jornal enquanto me dedico ao romance, fazendo talvez alguns freelancers pelo caminho, e ela me apoia.

No meio da semana seguinte recebo um telefonema bastante curioso de Mário. Ele conta que Rose, definitivamente de volta ao Brasil, o contatou ao saber da existência do romance e pediu — na verdade se designou — para escrever um prefácio. Ele também disse que esperava que eu não me incomodasse, pois já tinha enviado algumas páginas para ela.

Nem precisei pensar muito para concordar. Pensei nas páginas já escritas que se refeririam a ela, mas agora já não fazia mais diferença.

Os meses que se seguiram foram de paciência, desespero, irritação e muita reflexão. Chorei por noites a fio, assim como ri por outras tantas.

Passei mais tempo com meu filho, me reconectei com meu pai, perdi meu avô, rompi em definitivo os laços com minha mãe...

Talvez escrever este romance tenha realmente mudado alguma coisa.

Acho que termino aqui melhor do que comecei.

antes de ir embora...

páginas acrescentadas no processo de publicação do livro

ou

EPÍLOGO TARDIO

MUITO ROMÂNTICO

escrita por Caetano Veloso
interpretada por Roberto Carlos

O romance foi entregue. É um sábado. Cláudio, Marília, Fred, sua nova namorada extremamente loira — chamada Chiara —, Bebeto e eu estamos na piscina do prédio de Rebeca com ela. Eles planejaram uma comemoração de última hora para o fim do meu cativeiro.

Passando um pouco mais do meio-dia, saímos pela porta que dá na praia e nos estabelecemos na areia a uma distância curta do mar.

Bebeto joga bola com Fred, Chiara e Cláudio, e fico feliz de tê-lo ali. O meu amor inteiro personificado.

É quando uma sombra se sobrepõe a mim e olho para cima. Os mesmos cabelos, a mesma pele, até o mesmo cheiro... É Rose.

— Eu realmente achava que não tinha como esse dia melhorar — ela diz, trocando um sorriso com Marília.

Me levanto rapidamente, meio sem jeito, e a abraço. Bebeto se empolga em revê-la.

— O Mário me mandou as últimas páginas ontem — ela diz. — Já li tudo.

E isso é tudo que ela diz sobre o romance no qual é citada e retratada.

— Opiniões? — pergunto.

— Acho que é quebra de contrato revelar qualquer coisa sobre um romance inédito do qual você participa da edição — ela diz. — Mas posso dizer que já comecei a trabalhar no prefácio.

— Bacana — digo, e algum silêncio fica no ar.

— Acho que vocês deviam dar uma caminhada, não? — diz Marília. — Devem ter tanto papo pra botar em dia.

O tempo definitivamente não tinha tornado Marília menos intrometida.

— Eu adoraria — Rose diz, antes que eu fale qualquer coisa.

— Eu também — digo.

Rose deixa a bolsa de praia com Marília e vamos nos afastando em silêncio, num primeiro momento, ouvindo as ondas quebrarem.

— É impressão minha ou isso tudo foi meio armado? — pergunto.

— Não foi impressão — ela diz. — Eu precisava estar com você. A Marília só deu um empurrãozinho.

— Eu imagino que você tenha alguma coisa a falar sobre o livro, não?

— Eu, não. Mas você deixou de dizer bastante coisa.

— Foi depois que me dei conta disso que comecei a fazer terapia.

— Finalmente! — ela diz, e começamos a rir.

— Isso aqui quer dizer alguma coisa? — pergunto.

— Talvez... — ela diz, se aproximando de mim a ponto de encostar seu ombro no meu.

Talvez...

Roberto Carlos uma vez cantou palavras de Caetano Veloso...

Minha palavra cantada, pode espantar
E a seus ouvidos parecer exótica (...)
(...) Nem uma força virá me fazer calar
Faço no tempo soar minha sílaba
Canto somente o que pede pra se cantar
Sou o que soa, eu não douro pílula
Tudo que eu quero é um acorde perfeito maior
Com todo mundo podendo brilhar num cântico
Canto somente o que não pode mais se calar
Noutras palavras sou muito romântico...

É... acho que o adjetivo me cai bem.

AGRADECIMENTOS

Este projeto nasceu de uma maneira muito incomum e especial, e foi gestado e nasceu num tempo recorde.

Inicio esta página de agradecimentos pela mesma pessoa à qual este romance é dedicado: Mariana Lins, pela parceria tão plena e especial e por ser parte importante criando comigo a trilha sonora da minha vida.

A Diego, Giovanna, Noah e Plínio. Minha segunda casa, meu porto seguro. Pelas toneladas de incentivos, puxões de orelha, partidas de UNO e Poderoso Chefão, Schweppes com vodka e limão siciliano, e por todo o amor.

A Bianca, por ter me empurrado para a frente quando a ideia do romance nasceu e por compartilhar o dia a dia comigo.

A Jéssica e Gabi, por serem minhas agentes literárias e abraçarem este livro sem deixar que meus rompantes de baixa autoestima o impedissem de ver a luz do dia.

A Rafinha, Beatriz, Manguinho, Paulo e Phae, pelas piadas, pelas histórias, pelos memes e principalmente por terem se feito tão importantes pra mim que não consigo me imaginar sem vocês daqui pra frente.

A Danilo, pelas sessões de fotos, pelos vídeos, pela paciência e pela boa vontade. Só quem faz arte entende como e o que é fazer arte.

A Bento, Gabriel, Davi e Guilherme, por me ensinarem que o amor não tem tamanho e nunca consegue ser demais.

A toda a equipe da Dreams, em especial Enrique, Dudu e Gian por acreditarem em mim.

A Sergio, por ajudar a moldar não só a mim, mas ao meu gosto musical também.

A Zilda, Gilvania e Luciano, pela vida.

foto por Danilo Lopes
(@danilopq)

Sobre o autor

Pernambucano de nascimento e criação e amante das grandes histórias do cinema e da TV brasileiros, Lucas Felipe costuma escrever tramas cotidianas e urbanas em projetos para literatura, cinema e televisão enquanto se divide entre a História e o Jornalismo. "Muito Romântico: a odisseia amorosa de um jornalista desiludido" é o seu quinto romance.

Instagram: @soueuolucas
Twitter: @soueuoluc4s

Made in the USA
Columbia, SC
31 August 2022

65765071R00126